文春文庫

日本のこころ

平岩弓枝

文藝春秋

目次

日本のこころ

「新・御宿かわせみ」にも登場する築地居留地跡に程近い、明石町河岸公園からの眺め。背後に見えるのは勝鬨橋。(2009年撮影)

日本のこころ〈感動講演〉

『御宿かわせみ』連載開始の翌年、
神田明神で行われた講演で
切々と語られた「作家としての原点」。

もう一人の父親・長谷川伸

幸せな人間は生涯にふたりの父親を持つことができる。私が今、ふたりの父親といいますのは、ひとりは神主である父ですが、もうひとりは長谷川伸《はせがわしん》という人です。小説家で脚本家、明治に生まれ、日本人の心というものを生涯書き続けていかれました。私にとっては、かけがえのない恩師であります。私はその長谷川伸の一番末子の弟子でございます。どういうわけか理由はいろいろあるんでしょうが、長谷川先生のところでは、かつて、女の人をあまり門下生の中に入れませんでした。私の先輩は、村上元三《むらかみげんぞう》先生、山岡荘八《やまおかそうはち》先生、松本清張《まつもとせいちょう》さん、池波正太《いけなみしょうた》郎《ろう》さん、新田次郎《にったじろう》さん、そういう方々もほとんど長谷川伸先生の薫陶《くんとう》を受けたことのある方々です。それらの大先輩の中で、私は年もずいぶんと違いましたし、どういうわけか、私が先生のところに行った時に、女気がまったくない、女の匂いがしなかったと先輩がいいまして、男の子みたいのがひょこひょこ来たので、恩師はたぶん、性別の区別がつかなかったのではないか、などと皮肉なことをおっしゃる方がありましたけれども、あまり女気がなかったんだろうと思います。それで唯一の女の弟子、弟子っていう言葉は、本当は長谷川先生はお好きではございませんで、私なんかがお宅におじゃましております時に、マスコミの方が見えますと、僕と一緒に文学を勉強している一番若い仲間、そういう言い方しかなさいませんでしたが、私達はみんな、先生の弟子だということを誇りにしていましたから、平気で先生といい、弟子といっておりました。

その先輩達の中で、私は長谷川先生にとっては孫のような存在であった、とよく言われます。今でも髭の生えた先輩達が、思い出話をする時に必ず言う言葉なんですが、長谷川先生が生きていらっしゃる頃には、二本榎《にほんえのき》（現・港区高輪）のお宅で、十五日と二十六日に文学の勉強会というのがございました。お茶とお菓子しか原則として出してはいけないことになっておりまして、お菓子は大きな塗りの鉢に入れられまして、おまんじゅうとかその他種々《くさぐさ》の季節のものが、奥様の手で出されまして、それが先生の前から、ぐるっとこう回ってくるわけです。みんな一個ずつ、まんじゅう恐いという先輩方もお取りになって、最後に、これは、数は必ず余分に出てますので、たいてい十個ちかく残って、一順していきますと、長谷川先生が必ず「残ったのは平岩君の前においておやり」これはもうきまって、判でおしたようにおっしゃるんだそうです。私、あまり意識してなかったんですが、そうして奥様がそれを私のところに、はい、といって置いて下さる、私は気安くそれをふたつでも、みっつでも食べながら、皆さんの話を聞いていました。

私は何とも思わなかったんですが、髭の生えた先輩には、それがたいへんいましかったそうでございます。ふだん甘いものは苦手な人が、なぜかそういう時だけは、いまいましい、という言い方をしました。こいつはまた四つも食った、五つも食った、この前の会は十も食べやがったなんて、後々までおっしゃいました。

親父は孫に甘くてしょうがない、そういう台詞《せりふ》がよく先輩の口から、今でも懐しそうに出てまいります。

平凡であることは君の武器になる

私はそういう意味で、非常に恵まれた先輩、恩師を持ちまして、文学の勉強を始めまして、二十代の半ばで直木賞という大きな文学賞をいただいてしまいました。これは、先輩に後で聞いたことですが、文学賞をとる作家というのは、文学賞を得るまでに、行李《こうり》にいっぱい原稿を持ってる、まあそれくらい文学修業をして、日陰で埋もれながらやってきて、ようやく日の当る場所に出てくるのだと、それが普通なのだ、と、いうことでした。ところが私の場合には、三つ書いて、その三つ目が受賞してしまったわけです。

これは湯島天神の近く、まあ、どうも私は、なぜか天神様の近くを舞台にするといいことがあってありがたいんですが、その「鏨師《たがねし》」という刀剣鑑定家の家庭を舞台にした短編です。

非常に幸運だと、人にはいわれたのですが、当人にとっては不運この上もないことでございます。行李いっぱいどころか、原稿用紙一枚の書き置きもないわけです。その日から、いわゆる、マスコミで、作家として肩書きを付けられてしまいました。とても困りました。

実際、先輩達はとても苦労して、あいつがぼろを出さないようにと、次にはこれを勉強するように、今度はこれを書きなさい、あれを調べてくるように、そういって次から次へと私の足を引張ったり、手を引張ったりしながら、何とか物書きとして落伍《らくご》しないようにと見張ってくれていました。

ただ、文学というのは悲しいことに、どう先輩が苦労してくれても、どう頑張って後押しをしてくれても、私自身の中から溢れてくるものがなかったら書けないということです。

お習字でもそうでしょうけれども、人の真似をして書いているうちは、いつまでたっても本物にはなれない。私はだんだん、背伸びすることに疲れ果ててきました。足が地面から浮き上ってしまうわけです。そして、私はある日、もうどうにもならない、という自分を発見しまして、まだお元気だった長谷川伸先生にこういうことを申しました。

私のように平凡な家庭に生まれたひとりっ子、決してお金持ちのうちではないけれども、明日のお米がない、という思いをしたのは戦争中しかない、そういう人間が物を書いている、とても、何か危なっかしくて仕方がない。先輩を見ると、みんなすごい人生を歩きながら、その人生の中で血を流し、脂汗を流して苦しみ、傷ついたものがひとつの文学となって、彼等の中から溢れ出てくる、そうして、読む人に感動を与えるものができる。私には血を流したり、汗を流した過去が全くないのだ、ということをいいました。そういう人間が文学をやっているのはもう無理だから、この辺でやめます、という言い方を致しました。

長谷川先生は当時七十九歳でいらっしゃいました。私がひとりでおしゃべりするのを、黙って聞いていて下さいまして、「そう、君は自分のことを平凡な子だと思っているのか」とおっしゃいました。

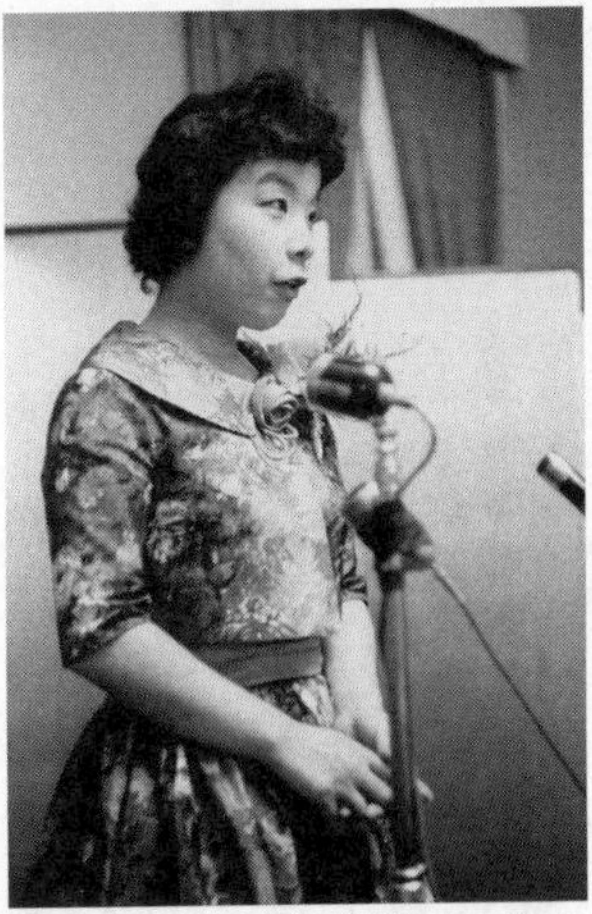

昭和34年（1959）「鏨師」で第41回直木賞を受賞。27歳での受賞は、当時、戦後最年少記録であった。

「そう思います」

「そうだろう、僕ら先輩は時々君のことをこういう。あいつはひとりっ子で育ったせいか、人を押し退《の》けるのが非常に下手だ、人の肩を突いてでもいいから前へ出るという気が、どうしてもない。人に肩を突かれたらば、そのまま道のすみっこに立ち止って、その人が通り越すのを見送ってから、その後をとことこ走っていくようなばかなところがある。そういう人間が物書きの世界で、果してこれから先どういう思いをしていくのか、我々先輩はそれが不安でないことは決してない。しばしば、大丈夫かなあ、という台詞が先輩の口から出てくることがあるよ」といわれました。

「平凡なことはいやか」

「いやです、どうも物書きとしては相応《ふさわ》しくないと思っています」

「そうかそうか、それじゃ平凡でなくなればいいと思っているのか」

「どうやったら平凡じゃなくなりますでしょうか」

「そりゃあ、今まで生きてきた人生が平凡でいやだというのだから、自殺でもしないことには仕方あるまい、いっぺん死んでみなさい。死んでみたらばどうなるかわかるだろう」といわれまして、これは私、ぞっとしました。

普段は何でもにこにこしておっしゃっている先生ですが、目が笑っていらっしゃいません。たいへん恐かった。で、私、ちょっとうろたえまして、今、私は自殺はできません、ひとりっ子で、両親を扶養しなければなりませんし、お宮もしょってることで、なんてうろうろうろたえた弁解をいたしまして、そうしましたら、先生笑い出して「そうだろうな、君はおとなしそうな顔をしているけれども、ぶち殺しても死なないみたいに強《したた》かなところがある、といって先輩がよく笑う。あれは自殺をしないですむでしょう、そういって先輩が笑うことがあるのだ。君はまあ、自殺はできないタイプだねえ」といって「しからばいうけれども、君は今、文学をやめたいといったが、文学をやめるにはどうしたらいいと君は思っているのか」といわれました。

「わかりません」

私は、記者会見でもして、もう私は筆を折ります、とでもいったらいいのかななんて考えておりました。

「君はすでにたくさんの作品を書いてしまっている。その作品をお金を出して買って下すった方が、日本全国津々浦々《つつうらうら》にいらっしゃるはずだ。その方をひとり残らず訪ねあてて、自分はこれこれで、不届き者で、もう文学の苦労をしていくことが嫌になってしまったからやめます。申し訳ありません、と謝ってお金を払って、自分の作品を買い戻してくることが君にできるか」といわれました。

「そんなことは経済的にも、物理的にも全く不可能だ」と申しました。

「そうだろう、平凡であること、そうして物書きであるということは、もはや君の両方の肩に乗ってしまっている動かしようのない事実だ。これからの長い人生を、君は良かれ悪しかれ、それを背負っていかねばならない。長い人生が平凡であることは、文学をやるにとってマイナスだ、マイナスだと思ってしょっていくかねえ」とおっしゃいました。

それからちょっと言葉を改めて「十年待とうか」とおっしゃいました。

「今の君にそれをのぞむのは無理だろう、十年待とう。十年たったらば、君は平凡であることを君の武器にして、君の文学をつくりなさい。僕等は君が物書きになろうとした時に、こう言ったはずだ。女であることを武器にして物書きになってはいけない、と。君はそれをしっかり守ってきたはずだ。今、僕は君に大きな声でこういおう。十年たったら、平凡であることは君の文学の武器になるはずだ。君はそれをしなければいけない」

たいへんお恥ずかしいことでしたけれども、その時分の私には、その言葉の意味は全くわからなかったのです。ただ恩師に厳しくそういわれて、「はい」といったにすぎない人間でした。

私がそのことを解りかけた時に、長谷川先生はもうこの世にいらっしゃいませんでした。今月の十一日が長谷川先生のご命日です。

今でも、髭の生えた先輩達は、私と一緒にお墓参りに行ったりしますと、お墓の前でこんなことをいっています。

「親父さん、平岩君がやっと親父のいってくれた言葉のわかる物書きになろうとしています。親父は早く逝きすぎましたよ。今ここに居てくれたら、平岩君がどんなに喜ぶでしょう。僕等ももうひとつ楽しみがふえました。親父は本当に早く逝きすぎましたよ」そういって髭の生えた先輩達はたいていい涙ぐんでしまいます。

たった一度、「お父さん」と呼んだ日

ではそんな不肖の末っ子の弟子の私が、いつ恩師のいわれた、平凡であることは君の武器になる、その言葉の意味に気が付いたか、これはたいへんプライベートなことにもなってまいります。しかしこれをお話ししないと、私が今思っている日本の心ということに話がつながって参りませんので、少しだけお許しいただいて、その話をさせていただきます。

私には何人かいとこがいるんですが、女の子です。その子、私のいとこの中で変っていましたのは、母親のお腹の中にいます時に、父親が戦争に行きました。この前の戦争です。インドとビルマ（現・ミャンマー）の国境、インパールとい

うところに、いきなり連れていかれました。

その叔父は出征していきます時に、やがて生まれてくる自分の子供に、女の子ならこういう名前、男の子ならこういう名前、ふたつの名前を残していきました。そのまま戦死しました。ですから、彼女は、生まれた時にもうこの世に父親がいませんでした。

彼女の母親は、その後再婚しませんでした。当時の事情からいって再婚できる状況ではなかったと思います。

母の妹ですから福井県の田舎でした。農家で、舅と姑をかかえて、その一番下の末子の上にふたり子供がいましたから、農村のひとりの女性として働いてきたわけです。

ですから、その末っ子のおちびさんは、生まれてからずっとお父さんなしで大きくなりました。

その子が七つになりました時に耳を悪くしました。福井県で手術のできない病気だったものですから、東京に連れてきまして私のうちで預かりました。一年ほど治療をしました。一年で治療が済んで、福井に帰らなきゃならない、母親が迎えにくるという段になって、その子はおいおい泣いて、帰りたくない、といいました。なぜ帰りたくないといったのか私達にはわかりません。まさか七つの子が都会に憧れたわけはないだろうと思います。ただ、私が今でも思いあたることと言えばたったひとつです。その子は、とにかく私の父になついていました。伯父さん、伯父さんといって、まあ、私の父は見た目も悪いし、おっかない顔で、自分ではいい顔をしているつもりらしいんですが、真面目な顔をすると、ひどくこわい顔になる人で、とっつきは悪いし、お世辞は言えないし、とても女に好かれる顔ではないのです。

それを、七つの子はなぜか好いて、伯父さん、伯父さん、といって、ついて歩いていたわけです。

私のうちでは、私ひとりしか子供がつくれなかったくせに、たいへんな子煩悩のうちでございます。

七つの子が、帰りたくないといって、おいおい泣いたものですから、父などは、大喜びしまして、帰りたくないんだからおいていけばいい、当人が帰りたくなったらいつでも連れていくからおいていきなさい、預かる、そういって、その子をとうとう叔母の手から預かってしまいました。

その子はとうとうお嫁に行くまで、私の妹のような存在で平岩の家で育ったわけですが、養女に貰《もら》ったわけではありませんので、私の両親を、伯父さん、伯母さん、と呼んで、結構大きな顔をして私のうちにいました。

事件が起ったのは、その子が福井に帰らないときめて間もなくの頃ではなかったかと思います。だいたい女の子というのは父親に似まして、私はたいへん父親に似た娘なんです。岩田専太郎《いわたせんたろう》さんという画伯、挿絵画家の方がいらっしゃいます。その方は私が『女の顔』という小説を日経に連載しました時に、ずっと挿絵を担当して下さいました。

岩田さんは、戦後、私のうちのすぐ近くの長谷川一夫《はせがわかずお》さんのうちに同居していらっしゃいました。

昔話が出まして、僕は戦後ずっとあそこにいたんだ、ということから、あんたあのお宮の娘さんか、ということになりました。さまざまの話が出てまいりまして、私の母の話が出ました。

「実は近所でとてもきれいな人を見つけた。ぜひ絵のモデルになってもらいたいので、一生懸命付いて歩いたらば、睨《に》らまれてしまって、痴漢と間違えられたらしい。それで声をかけそびれてしまったんだけれども、後で聞いたらあれはお宮の奥さんだった。そう聞いて、奥さんじゃしょうがないなあ、といって諦めたこったんです。で、私、すっかりだんだん話していきますと、どうもそれが私の母なんです。で、私、すっかり得意になって、それは私の母です、っていいましたら、そう、あれがあなたのお母さん、といわれまして、そのあと黙っていればいいのに、岩田先生は私の顔をじっと見て、あなた、お父さんに似たんですかねえ、って。その後に唐突《とうとつ》に亡くなられてしまいまして、私、今だに岩田先生に恨みを言いそびれた感じなんですが、まあ、そんな私のうちに、彼女はおりまして、すっかり父になついていました。私、本当なら、美人の母になついていなきゃいけない、なついていないことはないんですけれども、どっちかというと、やっぱりお父さん子でございまして、気も合いましたし、今でもそうですが、話もよく合うわけです。私は学校から帰ってくると、いいことも、悪いことも全部父に話す子でした。父も、ふんふんと聞く人間で、そういう時にそのおちびさんはいつもそばにいました。まだ学校に行っておりませんでしたから、黙ってしいんと私と父の話を聞くという人間じゃなくて、話の中にするっと入ってきました。伯父さんて変ね、とか弓枝ちゃんてばかな事しちゃうのねとか、ちびはちびなりに、こう、こまっちゃくれた言い方で入ってくるのがとても上手で、いい感じの子だったんです。

その日も彼女は私と父の話に入り込んでいました。ただ、私はその時、学校でとてもいいことがあったんだろうと思います。何だったか覚えていませんが、いいことがあったんで気持が弾んでいたために、お父さん、お父さん、という言葉を非常に使いながら話をしました。お父さんそれで、それでお父さん何とかで、つられたんだろうと思うんです。伯父さん何とか、と言おうとして、その子、いきなり大きな声で、「お父さん」と言いました。

今でも私はその子の顔を覚えているんですが、七歳の子が頬から首筋にかけて、ぱあっと赤くなりました。そして何とも惨めな目をしたんです。私、子供でしたけれども、その時、一瞬思ったことは、この子、初めてお父さんという言葉を使ったんじゃないかな、と、いうことでした。

生まれながらに父親のない子でした。呼び掛けで、お父さん、という言葉を使ったのはこれが最初、人間の子供ならば、口がきけるようになれば、百万遍、千万遍でも呼べるお父さんという言葉ひとつを、この子は七つになって初めて使った、それも伯父さんを間違えてしか使えなかった、そのことでこんな惨めな目をしている、不憫でした。

その子が、その時めそめそ泣き出しでもしたらば、私は又逆に、この思い出をあっさり忘れたんじゃないかと思います。

泣きませんでした。瞼《まぶた》の中から見る見る涙がこう盛り上ってくるのがよくわかりました。泣くなあ、と私は思ったんです。なのにその子は泣きませんでした。父があわてて冗談を言いました。彼女の気持をそとに持っていこうと思って、下手な冗談で、私がそのころ十二で、何て下手な冗談をお父さんはいうのだろう、と思ったんですから、よくよく下手な冗談だったに違いないんです。それを、七つの子がそんなことで笑えるわけもないのに、その子は笑いました。ものの見事に、私の父の冗談で笑った顔をしたんです。笑った顔をして、そうしてともかくも、私と父が見ている前では涙をこぼしませんでした。泣かなかっただけにかえって私、ショックでした。二、三日私は彼女の前で、お父さんと呼ぶのを遠慮しました。もしもしとか、そこにいる人とか、ちょっと、なんていって父を呼んで、父も何だかうろたえたような顔をしたのを覚えています。

平凡の中の非凡を見つめる

私も子供で、一晩、二晩、三晩寝てしまえば又呑気《のんき》に、お父さん、お父さんと呼ぶ、彼女は又、伯父さん、伯父さんと呼ぶ、それで長い月日がたってしまいました。

　彼女が結婚する時には、私、物書きになっていました。妹のような彼女のために、いろいろ手伝いをしてやっていながら、ふと、この子七つの時に一度私の父をお父さんと呼んだきり、又お父さんと呼ぶ人もなく大きくなったんだな、という気がしました。

　何かこう励ましてやりたかったんだろうと思います。その励ます言葉のきっかけとして、私は、その日のできごとを覚えている？　って話しかけました。彼女は、覚えているっていいました。私はあの頃のことを何もかも忘れてしまったのに、その日のことは覚えている、この部屋のどこに弓枝ちゃん座っていたか、伯父さん何色の着物を着てたか、私がそう呼んだ時に、弓枝ちゃんどんな目をしたか、今でもよく覚えているっていいました。

　そういわれると、私の方がうろたえてしまいました。しまった、変なことといっちゃったなあ、という気がしまして、もたもたしていたんです。そうしたら、彼女の方から、とてもいい顔をしまして、「あのね、内緒だけれど」っていいました。

「内緒だけれど、私、あした結婚式挙げたらとても幸せになる」

「そりゃ、幸せになってもらわなくちゃ困っちゃう」っていいました。

「内緒だけど、とても変なことだから誰にもいわないで。あした結婚式を挙げる彼にはお父さんがいる。あした式を挙げたらば、それはいつも伯父さんがいっているように、彼のお父さんは私のお父さんになるわけでしょう」

「それはそうね」

「だから、私はあした結婚式が済んでしまったら、今まで二十何年間呼べなかった分、取り返すつもりで、朝から晩まで彼のお父さんのことを、お父さん、お父さん、と、思いきり呼んでみる、好きなだけ呼んでみる。私はばかな人間だから、きっと結婚してもつまらないことで腹が立ったり、ふくれたり、涙をこぼしたりするに違いない。でも、私みたいな人間にも晴れてお父さんと呼べる日がきた、とってもうれしい。そのことを考えたらば、どんな苦しみも乗り越えていける。間違いなく私は幸せな奥さんになるから、弓枝ちゃん、もう心配しなくてもいいんだ」そういってくれました。


結婚式の日の彼女というのは、非常に可愛いお嫁さんでした。何だか、嫁にやるの惜しいなあなんて気分になって、私、すみっこにいましたら、やはり私の恩師のひとりである戸川幸夫《とがわゆきお》先生、動物作家で有名な方ですが、おいで下さいまして、スピーチをして下さいました。

「人は平凡ということをばかにする。

毎日毎日の生活が平凡でくだらない、平凡な毎日にあきちゃった。しかし、いっぺん考えてほしい。その平凡という暮しは、誰がいったい支えているのか、平凡な毎日を守るために、誰が、どういう勇気を持って、日々働いているのか、日々努力しているのか、そのことを考えたことがあろうか。一杯のお茶をして、ああ、母さんの入れたお茶はうまいよ、長い旅をして帰ってきて、狭くて汚ないうちだけれども、やっぱりうちが一番寛《くつろ》げるなあ、といううち、そういうものをいったい長い歳月をかけて、誰がつくっていくのか、そのことを考えてほしい。もし、日々新しく平凡な中にそういう新しい努力、新しい意欲というものを持ちこたえながら、平凡な毎日を支えようとする人間がいるとしたらば、私は、それを、平凡の中の非凡を見つめることのできる人、そういう言い方をしたい。今日の新婦に何をのぞむかといえば、平凡の中の非凡を、どうかわかる主婦になってほしい、お母さんになってほしい」そういうスピーチをして下さいました。

彼女は頷《うなず》きながら泣いていたような気がします。そんな彼女を見つめていて、そして恩師の話を聞いていて、私の胸の中ではじけたものがあったんです。

かつて長谷川伸先生が私に、平凡であることは君の文学の武器になる、そうおっしゃった平凡とはまさにこのことではなかったかと思いました。

七つの時にたった一度、伯父さんをお父さんと呼んだ、それっきりお父さんという言葉が使えなかった。どんなに苦しく、情ない思いをしただろうに、それを乗り越えて、今日結婚する彼にはお父さんがいる、式が終ったら思いきりお父さんと呼んでみる、嬉しい、幸せだ、そういう心に、彼女はよくぞ大きく育っていってくれた。同時に、こんな平凡なひとりの娘の背中に、戦争というものが残した傷跡の深さ、爪跡、そういうものをこの子は生涯しょって生きていくのだ、平凡ってこわいと思いました。間違いなく、私の育ってきた土壌の中にある平凡という言葉の、涙であり、喜びであり、苦しみであり、悲しみであった。恩師がおっしゃった平凡はこれだな、と、思いました。

子供時代の平岩（右）と若き日の母。
（写真提供：平岩家）

弓枝ちゃん、いくつになったの

私、夢中になって自分の周辺を見廻してしまったんです。

私のうちは神社で、ろくかん（註・環状六号線）に面しております。たいした階段じゃありませんけれどもあれでも四十段くらいでしょうか、石の階段が正面にございます。その石段を、いつもお昼ちょっと過ぎになりますと、手を取り合って登ってくる老夫婦の方が、ずっと長いことありました。戦後です。私のうちへ原稿を取りにきてくれるマスコミの若い女性が、時間が同じ時間だものですから、よくそのご夫婦に石段のところで行き合うらしいんです。ある日、私にこういいました。

「そこで、いつもご夫婦の方にお会いするんですけれども、私は自分が若いくせに、若い男女がべたべたして歩いているのを見るのはあまり好きじゃない。でも、あのくらいのお年になったご夫婦が手を取りあい、支えあい、いたわりあって歩いてくる姿というのはとても美しい。自分も結婚したら、ああいう夫婦になりたい、そういうふうに思いますよ。どこの方か知らないけれども、幸せそうないいご夫婦ですね」そういう言い方を私にしました。私は、その時、彼女に何にもこたえる言葉がなかったんです。私はそのご夫婦を子供の頃から知っていました。

息子さんが三人いました。私より三つ上、五つ上、七つ上でした。一番上の方がこの前の戦争で出征していきました。真中の方はちょうど東大にいってまして、学徒出陣でした。末っ子の方、私より三つ上の末っ子の方は横須賀の軍需工場へ中学で動員されていまして、空襲で爆死しました。終戦になった時には、そのうちへひとりの息子さんも帰ってこなかった、それ以来です。

そのご夫婦に、私、どこかでばったりお会いすると、一番先にご夫婦のどちらからか掛けてくる声は変わりません。もう二十何年、たったひとつです。今日はいい天気だとか、弓枝ちゃんの今のテレビドラマ面白いとか、そういうことをいってくれません。いってくれるとしても、それは三つ目、四つ目、五つ目の台詞です。

私の顔を見て、瞬間に私が、こんにちは、といって、反射的に向うから返ってくるのは、弓枝ちゃん、いくつになったの、という台詞です。

これは正直いうと、私にとってはとてもつらい台詞です。六つや七つの子なら嬉しそうな顔をして、いくつになったあ、なんて威張っていられますけれども、私が二十代のうちはともかく、三十代、四十代になってきますと、町で、弓枝ちゃんいくつになった、といわれた時に、一瞬、こうなんか胸の中でひるむものがあるのは、これはもう毎度のことです。

でも私はその都度《つど》、そんな気持を我慢しながら、ストレートに自分の数え年を、いくつになったっていいます。いいますと、一瞬おふたりが黙っちゃいます。黙ってますけれども、私にはとってもよくわかります。私の年に三たして、五たして、七たしてるんです。生きていれば息子がいくつになっている、嫁ももらっていよう、孫も生まれていよう、考えているけれども、それは一度も口には出されたことがないのです。なぜ出されないか。ご夫婦がお互いをいたわりあって、口に出さないんだと私にはわかります。そのご夫婦のご主人の方が、ある日私の父にこんな話をなすったそうです。

「酒もたばこもやめました。もう別に惜しい命ではない。まあ社会的にするだけの仕事はしてしまった。金や財産を残してやりたい子や孫がいるわけでもありません。もう名誉もいらない。だからいつ死んでもいいと自分ではきめています。ところが、この間の夜中に、ふと目がさめて、となりの布団に寝ている家内の顔が見えた。気がついたことだけれども、家内にはもう両親もいない、兄弟もいない。世間様は家内のことを、しっかり者の女房だ、そういって下さる。しかし本当は、気の弱い涙もろい女だっていうことは、長年連れ添ってきた自分が一番よく知っている。もし自分が死んでしまったら、家内は本当にひとりぼっちになってしまう。その晩年がどんなに寂しいものになるか、私には目に見えるようだ。長い間苦労ばっかりかけてきた家内なので、せめて死ぬ時ぐらいそばにいてやりたいなあ、と、ふと思った。それで、たいへんお恥ずかしい話だけれども、酒もたばこもやめてしまいました」

これはまあ、男の方のことですから、恐らく冗談のように笑いながらおっしゃったに違いないのです。

奥様が長生きしたい本当の理由

私、父からそれを聞いて間もなく、町でばったり奥様の方とお会いしました。例によって、弓枝ちゃんいくつになったのっていう台詞が一番さきにきました。その次の台詞もいやあな台詞でした。弓枝ちゃんずいぶん肥《ふと》ったのねえ、という台詞なんです。

京塚昌子《きょうづかまさこ》という女優がよく私にこういうんです。「町でたまに人に会って、『京塚さん、やせたんじゃないですか』自分はまあ、年中秤《はかり》に乗っかってみてるからやせてないって百も承知で『いえ、いえ、いえ、このところ又肥っちゃって、夏肥りで』なんていうと、『いいえそんなことないわ、京塚さん、なんかほっぺたのへんがこけてきて、肩ががくっと落ちてるし、ずいぶんおやせになったようですよ』『そんなことないんですよ』なんていったくせに、私はまっしぐらにうちに飛んで帰っちゃって、秤の上にどっこいしょなんて乗ってみて、なんだあ、全然減ってやしないじゃないか、あの人お世辞いったんだわ、なんてがっかりするんだけれども、それでもねえ、町で会った時に、肥ったわねえ、なんて言われるよりは、やせたんじゃないですかって言われる方がちょっといいものですよ」って、私によくいいました。

肥った女というのはだいたい大なり小なりそういうばかなところがあるもんです。私もご同様の人間なのにもかかわらず、そのおばさんが、いくら私を小学校の時から知ってたにせよ、それはその頃から見たら三倍ぐらいの目方になってますから、肥ったっていわれたってもう一言もないのですけれども、弓枝ちゃん、ずいぶん肥ったわねえっていやに実感のある言葉でいいました。で、私もちょっと癪《しゃく》にさわりまして言い返しました。おば様だって相当の目方があるでしょう、と、いいましたら、とたんに返ってきた返事がひどいんです。私、節食してる、美容食食べてる、美容体操もしている。そこで、私は子供の頃から知ってるという気安さでとっても失礼なことを言いました。「悪いけどおば様のお年で今さらですか」っていいました。すると「私、この間新聞を読んだ、ウエストが何センチとか太くなると寿命が一年縮むって書いてあったわよ」

「又いやなこといいますわ」っていいました。

「弓枝ちゃんはいいんだ、弓枝ちゃんはまだ若いからいいのだ、私の事なのだ」

何ですかっていいましたら、

「私、この間お友達が死んでしまった。お通夜にいってきた、お子さんのないご夫婦で、ご主人が一人でぽつんとしてた、とても寂しそうだった。で、帰り道のバスの中で私は考えてしまった、うちの主人は明治生まれだ」と。

この中にもそういう方はいらっしゃるんじゃあないかと思いますけれども、冬なんかは垢がたまった方があったかくていいのだ、といって、ひっぺがすまで下着は絶対に脱がない、それから、ほっとくと夏冬の背広の区別がつかない。靴下なんかもあるのからはいてっちゃう、出かける時にご飯の仕度をすっかりして出ていってるのに、帰ってきてみるとろくに手もつけないで、テレビなんか見てぼんやりしてたりする。つまり何もできない人だ。私が今死んでしまったら主人はどうなるだろう。面倒みてくれる娘が、嫁がいるわけじゃあありません。私がともかくも今日まで幸せに暮してこられたのは主人のおかげなのに、私は今日の日まで主人に対して何ひとつしてあげられない。せめて主人が死ぬ時ぐらいはそばにいて看病してあげて見送ってあげたい。で、一周忌の法事でも済ませたら、安心して主人の待っているところに行きたい。それだけの寿命がほしくなっちゃったので、私は好きな甘いものはもう食べない。人が笑おうと何しようと、オイチ、ニと美容体操をして頑張ってる、そういう話をなさいました。

さよなら、といって背を向けて、私は泣き虫なのですぐそういう時涙がこぼれます。涙が出そうになったくせにおかしかったんです。どの点がおかしかったかって言いますと、私が父から聞いた話では、旦那様の方は女房を見送ったらすぐ死んでもいいとおっしゃる、奥さんの方は主人を見送って、一周忌の法事という点が女の欲を表わしているのでしょうか、細かい心遣いを示しているんでしょうか、そのへんはわかりませんが、まあ、男と女というのは変なところでちょっと違ってくるんだなあ、という気がしましておかしゅうございました。

それでもやはり、私、うちの階段を上りながら涙がこぼれてしまいました。惜しくない命だけれども、お互いがお互いのためにいたわり合って、命を惜しみながら生きている。そういうご夫婦でも、見知らぬ若い編集者の目から見たらば、幸せそうな素敵なご夫婦、そう見えるということです。

平凡という言葉の裏にある人間の心ってたいへんなものだと思いました。恩師が私に、書かなければいけない、書けよといって下すったのはまさにこれだと思いました。

以来私は自分の書く小説をひとつにしぼりました。一代でお金儲けをした人の話を私は書こうとは思いません。華やかな恋愛生活を送った人の話も私が書かなくてもいいのではないか。私が書かなければいけないのは、平凡な日の当らない道を、いってみればスポットライトの当らない道を、遠まわりしながら、骨を折って、転びながら助け合って、いたわり合って汗を流しながら歩いてきた人々、そういう人々の涙、そういう人の心、そういうものを同じ平凡な人間の私が書き続けること、それを恩師は望んでいらしたんじゃないか、そんな気が致します。

どうしようもない時は君の前に現われよう

これは井上靖《いのうえやすし》さんがおっしゃった言葉ですけれども、正直に言いまして、物書きの職業というのは、女流作家は五十を過ぎないと本当のものは書けないんだそうです。私もその通りではないかと思います。

私、今四十代にやっとたどり着きましたけれども、まだ、なかなかその世界へ行きつけない。実際に、私のように二十代で物書きになった人間は、約二十年の間を暗中模索で無理をして書いていかなければならない、そのために、前に申し上げましたように年中壁にぶつからなきゃならないし、恥ずかしい思いもしなければならない、行き詰りというのが必ずきます。

いつもそうです。これでいいのか、こんなもの書いていていいのか、そういう気持は年中私の中に揺れています。私、困るといつも亡くなった恩師のことを思い出します。

長谷川先生がもういよいよいけないという時に、築地《つきじ》の聖路加《せいるか》病院に入院なさっていたんですが、私が泣きながら、先生、死んじゃあ困るっていいましたら、先生が割合しっかりしたお声でこうおっしゃったんです。

「大丈夫だ、君がもし僕がいなくなって、物を書いていて不安だと思ったら、迷うことがあったら、君は僕の書き残したものを読みなさい。僕が一生かかって書いた文学を君は読んでほしい。その中に必ず君の答はあるはずだ。それでも尚《なお》且《かつ》、君が困って、西も東もわからない、どうしようもないっていう時には、僕は間違いなく君のそばに還《かえ》っていく。どこにいようとも、ある晩きっと、君が恐がるといけないから、僕は月のいい晩に還っていこう。月のいい晩に、きちんといつも着る着物を着て、袴《はかま》をはいて、ステッキをついて、君がびっくりしないような顔をして、君のそばへいってやろう、還ってきてやろう。だから僕がそういう姿で君の前に現われない限り、君は本当に困ったのではないと思え、そういう姿の僕が出ていかない限り、君は行き詰ったのではないと思え。そして、必ずそれ以前の答は僕の作品の中にあるはずだから、それから答を捜すように」

そうおっしゃって、「心配しちゃいけない、恐がるんじゃあない」そういって逝かれたわけです。

実際長谷川先生がご病気になられたのは一月上旬、聖路加病院に入院なさったのは一月二十二日なんですが、その時すでに、もう危篤状態で入院なすったんです。老人性肺気腫という病気でしたが、ひどく危篤状態になられるかと思うと、又こう、春の日のように穏やかな日がくるという周期的なくり返しの日々でした。

そういう中で、奥様が病室にお入りになる、ずっと付添いの看護婦さんと一緒にお暮しになる。で、うちの先輩が廊下でこういう話をしました。

「誰かひとり付添いを入れようよ。僕等は毎日、親父がどういう状況なのか、ご飯は食べられるか、血圧はどうなのか、脈拍はどうなのか、そういうことをいちいち知りたいけれども、毎日毎日僕等のような人相の悪い者が病院の廊下をうろうろして、これはご迷惑なことだ。ひとり誰か病室に入れといたらどうか、それには平岩君がいい。あれは、あれでも女のはしくれだし、若いし、まあ、奥さんの気兼ねもあるまいし、看護婦さんの手伝いのひとつぐらいはできるだろう。平岩君、病室に入るか」っていわれました。私は大喜びで、入れて下さい、と、いいました。

で、私は、右代表、連絡係だよ、と、いわれて病室の中に入っていったわけです。

私はその頃まだ子供だったんだろうと思います。先輩の言う言葉をそのとおり受けとめて入りました。先輩からは毎日先生に召し上っていただくようにと、果物だの、スープだのいろんなものが届いてきます。でも、先生は勿論《もちろん》そんなもの一滴も召し上れないんです。奥様が、これがまあ、夫婦は一心同体の見本みたいな奥様でしたから、これ又何にものどをとおらなくなってしまう、のどをとおるのは一緒に入り込んでいる私だけで、すると先生がベッドの上から降りて、平岩君に食べさせてしまいなさい、腐らせてしまうともったいない。奥様は、そうよ、あなたが食べないと、あなたが倒れたら最後なんだから食べなきゃだめよ。私は先輩からくるスープを毎日飲み、果物や差し入れをせっせと食べて、先生と奥様は日々やせ細って、私は日々肥ってきて、一週間目でしたか、先輩が病室を覗いて言ったそうです。

「もう、親父のところに食物持ってくのよそうじゃないか。ぶたをこれ以上肥らす必要はないのではないか」そういう呑気なことを言って、それでも、そんな口の悪いことを言ったくせに先輩はせっせと、私のためのお弁当まで届けてくれたりしました。

私にとっては、この病院の半年間というのはたいへん幸せな日々でしかなかったわけです。私は恩師が亡くなるなんて、その土壇場にいくまで夢にも思ってませんでした。お元気で帰られる、それだけしか思っていませんでしたので、この半年は天国のような日々だったんです。

ところが先輩は、そんな私のように呑気なことを考えていたわけではなかったようです。

「親父が大患にかかった。もう今度はいけないかもしれない。親父の心残りは今何だろう。俺達は、ともあれこうして一人前になっている、一人前になりきれないでうろうろしているのはあの末っ子のちびすけだけだ。親父の心残りも恐らくそのへんにあるのではないだろうか、最後の最後まで親父のそばへあいつをおいてやろうじゃないか」そういったんだそうです。

「最後の最後まで親父のそばに、あいつをおいてやれば、親父のことだからきっと何かを教えてってくれるに違いない。いくらあいつがのんびり屋でも、何かを悟るのではないだろうか。そういう願いをこめて、自分たちは、最後のいっときでも親父のそばにいたいけれどもそれをあいつにゆずってやろう」そういって私を病室に入れてくれたんだそうです。

確かに半年の間にいろんなことがありました。私、今でもそれを思うと、一年が二年、三年でも話し続けても話しきれないだけのものを病室の中で得ました。

それから又、恩師はちょっと具合がいいと、私に平岩君、大学ノートを持ってここへおいで、と、おっしゃいました。老人性肺気腫という病気は喉がとても痛いんだそうです。どんなに苦しく、息苦しく、辛かったに違いないのに、ベッドのすみへ私を座らせて、息が続く限りいろんな話をなさいました。ご自分が集めた資料のことであったり、ご自分が昔出合ったエピソードであったり、ご自分が普段考えていることであったり、調べあげた材料であったり、日々話は違いましたけれど、それは正確に、それを調べるのは僕の書庫の何段目の何という本を見ればよいというところまで、きちんきちんと記憶していらっしゃいました。そして、私に書け、と、おっしゃいます。私は夢中になってベッドの下で鉛筆を動かしていました。私の方が、先生、お疲れになるからもうっていいますと、きまっていわれました。疲れてやめるのは僕がきめる。君がきめる事ではない。で、私は時々ぼろぼろ泣きながら、先生の話を筆記していました。そのノートが三十六冊になった時に恩師は亡くなったわけです。

私が今、物書きとしてまがりなりにも通用していられるのは、この半年間の勉強時代があったからだろうと思います。

平岩さんよ、天ぷらあったかいかい

そして、そういう実際にノート上に書き残したことではなくて、恩師は自分の体をもって私にいろんなことを教えて下さいました。

これはその中のできごとのひとつです。

私、よく仕事に行き詰るとこのことを思い出すんです。

恩師の病気が、一進一退だと申しましたけれど、ちょうどその頃、ある日お医者様からこう言われました。

「お好きなものがあったらあげていいですよ」で、私は先生がよくなったと思いました。とても単純な人間ですから、そうとしか思わなかったんです。が、それは後で考えると、もういけないからお好きなものがあったらあげてもいい、という指令だったろうと思います。

前々から新宿にある天ぷら屋さんで、今はもう店を閉めてしまいましたが、長谷川先生のファンだった人がいます。先生はとても天ぷらがお好きな方だったので、お元気になられたら天ぷらを差し上げたい、というのがその親父さんの口癖でした。で、私がさっそく、お医者様からお許しが出たんですよ、っていったものですからとても喜んで、夕食に間に合うようにといって天ぷらを揚げてくれました。で、私は新宿へ寄ってその天ぷらをもらって重箱をかかえて、ちょうど伊勢丹の手前あたりからタクシーを拾いました。まだ高速道路なんかできてなくて、今、高速道路ができてもたいへんなラッシュですけれども、当時もすごい車のラッシュ時間でした。天ぷら抱えてタクシーに乗ってすぐ信号です。

「聖路加病院へいって下さい」と、いいましたら運転手さんがこう鼻をぴくぴくしました。

「お客さん、天ぷら持ってるね」といわれて、

「ええ」

「病院行くんだけどお見舞かい」というもんですから、

「そうです」

「ご家族が入院してるの」

これが私のばか正直な由縁《ゆえん》です。はあ、といったってそれっきりなんです。それを私は、「いいえ、家族じゃありません、先生です」

そうしましたら、その運転手さんがバックミラーでしきりに私の顔を見ました。

私、今日はおしゃれをしてきましたけれども、だいたいが普段あまり身だしなみのいい人間じゃありません。病院通いですからお化粧もしてないし、頭はざんばらだしろくな格好じゃありません。やだなあ、と思ってだんだん下を向きました。それでも執拗にこうやって見るわけです。何てやな人だろうと思った時に「お客さん、平岩さんっていう人じゃないか」って言われました。

仕方がないんで「はい」っていいました。

「私はあんたが新聞に書いたの読んだことあるけれども、恩師を語る、ってな話、書いてたね、長谷川伸って人のこと書いてた。今、入院してるの先生だっていったけどその長谷川伸って人かい」っていわれまして、「そうです」

「悪いの」

「いいえ、それがすごく悪かったんですけど、お蔭様でお許しが出て天ぷらを持ってけるようになったから持ってくんです」

「そう、私も天ぷら好きなんだけど、こいつはさめるとまずいねえ」

「そりゃそうですけど」

「行く道を私に任せてくれますか」っていいました。私はもう、そういうところのんびりしてますんで、「はあ、どうぞ、どこからでも行って下さい」それから運転手さんが走り出しました。私、東京生まれの東京っ子です。ずいぶん東京の道は知ってるつもりの私が、その道を走ったのははじめてです。表通りはラッシュアワーですごかったんですが、裏道なので信号がなくて、わりあいにすいすい行けるんです。ただ、とってもスピード出すもんですから私、しばしば驚いて、事故でも起されると困るなと考えていたら、

「平岩さん、私はね、戦前から運転手してるんだ。その気になって走ったら絶対に事故なんか起さない。心配ないから天ぷら抱いてつかまってなよ」と、いわれまして、私、しょうがないんで後のところにつかまったまんま、えんえんとすっとばされていきました。

あっという間に聖路加病院に着いたんです。いつもだったら三十分はゆうにかかるのを、その運転手さんは十分そこそこで私を聖路加病院につけてくれました。

それで着くなりいきなり運転手さんが言った台詞が「平岩さんよ、天ぷらあったかいかい」私はお重箱の下にこ

昭和36年（1961）、一月遅れの誕生日。この2年後、長谷川伸は79歳でその生涯を閉じる。（写真提供：平岩家）

うやって手をつっこみました。

「あったかいです」

「そうか、よかったな。早く持ってってくれ。先生よくなってよかったねえ。俺も今日は何だか嬉しいから、仕事の上《あが》りかけには天ぷらそば食べるよ。先生お大事にね」そういわれました。

先生の病室が三階で、私は階段を駆け上っていきました。病室に入って、何かそんな気がしたんで窓を開けてのぞいたんです。そうしたら、聖路加病院は中庭があって、もうひとつ玄関があるもんですから、ちょっと遠くて見にくいんですが、その運転手さんが見えました。

車を止めて、客待ちじゃなくて、外へ自分が出て、病室をこう、どこかなあ、てな顔してこうやって見てるのが私の方からは見えました。手を上げて、向うからはちょうど陰になるから見にくいし、わかりそうもないのでおじぎだけして、ありがとうございます、といって窓を閉めました。先生がびっくりして「どうした、何だ」「いえ、こんな親切な運転手さんに会ってあったかい天ぷら持ってきたんです。だから早く召し上って下さい」

先生は「起こしてくれ、起こしてくれ」っておっしゃいました。みんなで、ベッドごと、こうグーと持ち上げました。

天ぷらを前において、「ありがとう」とおっしゃいました。

「このありがとうは、僕はたぶん返せないだろう。だから君はこのことを覚えていて、いつか世の中にありがとうを返しておくれよな」そうおっしゃったんです。

でも私は、その時何とも思いませんでした。ただうれしくてしょうがなかったんで「先生、早く召し上って下さい」

先生にはじめて叱られた日

それっきりそのことを私は忘れてしまいました。数日後、ベッドを出て先生が、酸素テントを顔の上まではめていらっしゃりながら、さかんに指を、動かすしぐさをなさるようになりました。なんであろうかと思いまして、

「先生、指、お痛みですか」とお訊ねすると、

「いや」と、おっしゃるんです。

「何ですか」

「これか、これ、指の運動してるんだ」

「運動ですか」っていいましたら、

「自分では気が付かないけれど、僕はもう半年も寝ている。わかっていないけれど、足腰が動かなくなっているなあって見当がつくんだ。僕は物書きだから、足腰立たなくなっても、まあ我慢をしよう。しかし、指が動かなくなったらペンが持てなくなるのでね、それでこの運動しているんだ」っておっしゃいました。

私、青くなりました。八十の先生です。これ以上原稿書かれてたまるものかと思いました。

せっかく病気がお治りになろうとしているのに、ここで又仕事されて倒れられてはとんだことだと思ったものですから、私もまっ青になって、しかしそれを先生にいきなり言うのは、いかに甘やかされた弟子でも言えなかったんです。それで私、先輩にいいました。いいつけました。

「たいへんだ。うちの先生、まだ原稿書くつもりでいますよ。みんなから言って下さいよ。もう原稿書かないようにって言って下さいよ」っていいました。

髭の生えた先輩達が顔を見合せました。涙をいっぱいためて、

「親父はそれで困る」といいました。

それで困るとはいったんですが、とうとう誰ひとり、先生の前に出て、先生、

そのペンを持つという仕事はもうやめてほしい、という言葉を口には出しませんでした。それを先生に言う事がどういう意味を持つのか、先輩はよく知っていたようです。わからず屋の私は、それがもう頭にきました。偉そうなことといってたって誰ひとり先生にそういうこと言えないじゃあないか、そんなばかなことがあってたまるもんか、と、思いました。

それで、たまたまお見舞に見えたのが安藤鶴夫《あんどうつるお》さんという方です。こちらは長いこと演劇評論家として名をなした方で、晩年は小説もお書きになって直木賞もとられた、私にとってはやはり大事な先輩のひとりでした。この方も、もう亡くなりました。その安藤さんが、当時お見舞に来て下さったもんですから、私、いいつけたんです。

「こういうことがありました。私はもう先生にそんなに仕事してもらいたくないので、どうか安藤さんからおっしゃっていただけないでしょうか」

安藤さん、私の顔をじっと見ていらっしゃいまして「わかりました。私にとっても長谷川さんは大事な人です。一日でも長生きしてもらわなきゃならない人です。いいでしょう。私から申し上げましょう」

そうおっしゃって、安藤さんは先生のベッドのそばへぴたっと座られました。

手をつかれて、

「長谷川さん、若い方々があなたに一日でも長生きしてほしいとのぞんでいます。我々もあなたがお元気でいて下さることに心の支えを持っています。どうぞ、もうそれ以上ご自分に厳しくなさることをやめていただけませんか、お願い致します。無理を承知でお願い致します」

そういって何度か頭を下げられました。

長谷川先生は手をお出しになって、

「安藤さん、いけない、立ってちょうだい。いけない、立って下さい。あなたのような方にまで、こんなご心配をかけて申し訳ない。ご心配をかけて本当に申し訳なかった。おっしゃることはよく考えてみます」といって、今度は全く別の話をなさいました。三十分程病室にいられて、やがて安藤さんがお帰りになる、とたんに先生が、

「平岩君」と、呼ばれました。

「君だね。君、僕の手のことを話したのではないか、安藤君に話したろう」

「はい、話しました。だって私は」っていいかけましたら、

「何も言ってはいけない。君のように幸せに育った人間は知らないのかもしれな

いけれども、僕の文学は世の中に対する恩返しであると僕は考えている」それから私、はじめて恩師にくちごたえをしたんです。

「待って下さい。恩返しとおっしゃるけれども、それは私も先生の生い立ちのことは知ってます。先生が小さい時にご両親にお別れになって、そしていろいろ苦労をなすったことは知っています」

「知っているなら言うな」

「いいえ、でも」

「僕は、そりゃあ、一生懸命自分では生きてきたつもりであるが、しかしその中にはいろんな事があったよ。そば屋の出前持ちしている時分に、品川のお女郎さんに、親子丼持ってったら『坊や、お腹すいてるね。私は自分がお腹がすいた覚えがあるから、お腹のすいてる人間の顔はよくわかる、これをおあがり』っていわれた。『いいです』っていったら『かまわないからおあがり。私のようになったらおしまいだけれど、坊やはまだ若いんだ。男だろう、いつまでも出前持ちをしていてはいけない。必ずや人として生まれただけのことはして、世の中を終らなきゃいけないんだよ』そう言って僕に忠告をしてくれた。何人の人が僕にそういう温かい親切をくれただろうか。後年、僕はこういうことを心の励ましにして、小説家長谷川伸となった。君、これに対してどうしたら恩が返せると思うか。新聞広告を出して、そういう女の人を集めて金品を送って、ありがとうございます、と手をついてお礼をいったらば、それで世の中のありがとうという言葉が済むと君は思うか、そうではない。そんなことでは恩というのは返せないのだ。だから僕は自分の書く文学のひとつひとつに心をこめて書いていった。命を削って書いていった。そのことが世の中のひとりの人の役に立ってくれれば、それが僕の世の中に対する恩返しだと心得てこんにちまで生きてきたんだ」

「それはわかります。それはおっしゃられればわかりますけれども、でも、先生はもうずいぶんいい作品をたくさんお書きになったんだから、私は、もう世の中に対する先生の恩返しというのは済んでると思います。だからこれからは」

「そうじゃあない。僕はこうやって今、病院に半年寝たっきりでいる。何の役にも立たない、ひとりの人間として寝ている。その僕は世の中から恩を今も受けている」

思わず冗談ではありませんと申し上げていました。

「先生は自分のお金で治療なさっているんです。誰がいったいお世話してるんですか、誰の恩を受けてるんですか」

「君、天ぷらのこと忘れたか」っていわれまして、あっと思ったんです。「寝たっきりの僕に、君をしてあったかい天ぷらを食べさせてやろうと、一生懸命車を飛ばしてくれたひとりの運転手さんがいたね。それだけじゃあなかったろう、君に別れる時その人は君に何と言ってくれた、『先生よくなってよかったねえ、自分もうれしいから、今日仕事の上りがけには天ぷらそばを食べるよ』そういってくれた。みず知らずの人がそういってくれた。君はその人の心をどこへもらってここに上ってきたんだ」っていわれました。

「人の心を何だと思ってここにやってきたんだ。そういう人間が物書きであることは許されない。君、そんなことがわからないのか」っていわれました。

何しろ先生に叱られたのはじめてでしたから、私、びっくりして泣きました。わんわん泣いて「ごめんなさい」っていいました。奥様がすぐ言葉を添えて下さって、

「もういいでしょ、もういいでしょ」先生もすぐ声が変りました。

「悪かったなあ、大きな声出して悪かった。僕は君にこういう話を長いこと、長いことかかって静かにしながら一緒に勉強していきたかったんだ。しかしもう日がないぞ」っておっしゃいました。

先生が亡くなったのは、それから一週間後でした。

私、今でも仕事に行き詰るとそれを思い出します。僕が返せなかったありがとうを君は仕事で返していってほしい、そうおっしゃった先生の心に対しても、私は平凡な人間の心を、平凡な人間の涙を、それは先生がいつもいつもおっしゃっていた日本の心に通じるもの、それをどんなに未熟でも、どんなにおぼつかなくとも、やっぱり長谷川伸の弟子である限り、生きている限り書き続けなければならない、そんな気持を持って仕事をしています。

ご縁があったら、私の作品、読んでいただけることがあれば幸せだと思っております。

どうも生意気な話ばっかり致しました。

長いことありがとうございました。

嘘かまことか〈幸福エッセイ〉

これが私の偽者がいることに気付いた最初だった。私はいつもカレンダーに仕事のスケジュールを記入しているが、その日は取材で北海道に行っていた。（私のような駆け出しでも偽者が出るんだな）と怒るというよりは面映《おもは》ゆい気持だった。

しかし知人は気がすまなかったらしく、その後例の寺に立寄って偽平岩弓枝の講演会の模様を確めたらしい。

「身なりも態度も作家らしく、話の内容もしっかりしていたそうですよ」

着物姿も女流作家らしかったという。

「それと謝礼は受け取らなかったそうです」

これは犯罪といえるのだろうか。私の気持は複雑だった。名前を騙ったことは事実としても、あまり実害は与えていない。

「それにしても不届きじゃないですか、名前を騙るなんて」

知人は不満そうだった。

「放っときましょうよ、私がもっと頑張って顔がうれれば解決することだから」

長谷川先生の頃にくらべれば、テレビや新聞、雑誌などに顔が出る機会は何十倍も増えている。有名になれば偽者は自然に消えるはずだ。

この偽者の消息は、その後もかなり長いあいだ私のところにもたらされた。一度は旅館から二度目は新宿のバーからで、いずれも電話で私が家に居るかどうかを確認するものであったが、支払いはちゃんと済ませていた。

中にはこの偽者女史の戸籍を取り寄せて送ってくれた人もいた。それによると、確かに名前はほとんど同じで最後の一字が〈子か恵〉であったような気がする。年齢は私より少し上だった。

驚いたことにその後彼女は直接手紙を寄越した。名前も同じであり、自分も小説家なので決して詐欺ではないという内容だった。私は返事の仕様がないので手紙は書かなかった。すると或る日突然神社の方へ彼女が訪ねてきた。この時は主人が対応してくれて、

「あなたは偽者のつもりではないのかもしれないけれど、戸籍によれば名前も違えば経歴も直木賞作家の平岩弓枝とは違っているし、一般の人から見ればこれは詐欺という犯罪行為には当らないとしても、明らかに嘘をついていることになる。あなたのようなちゃんとした方が為さることではないと思いますよ」

と説得してくれた。

それが功を奏したのか、彼女の件はこれで一件落着となった。

長谷川先生の時代に比べると遥《はる》かに豊かになった私たちの時代には、偽者も随分様変りしたものだと思う。

しかし他人《ひと》のことばかりは言っていられない。私自身も一度だけ偽者に間違えられたことがある。

昭和四十二年（一九六七）、NHKの朝の連続テレビ小説〈旅路《たびじ》〉の脚本を書いた時のことだ。連続テレビ小説は現在まで続いている長寿番組だが、私はその七番目で、今は作者が半歳《とし》毎に交代するが、当時は一年間書き続けなければならなかった。

ドラマの舞台は国鉄（日本国有鉄道）、現在の〈JR〉の前身である。時代は大正から昭和にかけて国鉄に勤める鉄道員とその妻の人生の旅路を描いた。幸いドラマは好評で、私はNHKの勧めで東京駅の近くにある国鉄のビルに石田礼助総裁を表敬訪問することになった。

広い総裁室の奥の立派なテーブルの前で出迎えてくださった総裁は、想像以上に老人に見えた。しかし眼には力があり背筋も伸びている。

あとで判ったことだが総裁はこの時八十一歳、すでに三井物産の代表取締役を退職されていたが、当時赤字やストライキの多発に苦しむ国鉄の立直しのために老骨に鞭打って就任されたのであった。

総裁とはしばらく来客用のソファーでお話をしたが、話の途中で私の顔をしげしげとご覧になり、

「君が本当にあのテレビの脚本を書いたの」

と仰《おつしや》った。

どうしてそんな事をと内心訝《いぶか》ったが、素直に頷《うなず》くと、総裁は秘書さんを呼んで原稿用紙とペンを用意するよう命じた。

「すまんがね、〈旅路〉の一回分を書いてみてくれんかね」

総裁は私を疑っていらっしゃる、と気付いたが嫌ですとも言えない。NHKの連続テレビ小説はほとんど毎朝放映されるので一回でも多く書き溜めしておかなければならない。ちょうどいいやと思いながら早速ペンを走らせた。

私はこの時三十五歳、直木賞を頂いてから八年が経ち、小説もだがテレビの脚本も五十本近く書いていて、自分では一端《いっぱし》の作家気取りでいたので、正直なところショックではあった。しかし八十歳を越えられた総裁の目には、私などほんの小娘にしか見えなかったのだろう。

私は神社の一人娘で、特に祖父母には甚《いた》く可愛がられたので、お年寄りにはつ

い甘えたくなる癖がある。原稿用紙が普通の四百字詰で、いつもの脚本用のと違うのが少し気になったが、それでも一回分の原稿は一時間足らずで書き上げた。

総裁は一通り目を通されてから、

「テレビのシナリオというものを初めて拝見したが、いい勉強になりました、ありがとう」

お礼のしるしにうちの蜜柑をご馳走しようと言われて、車で静岡のご自宅まで連れて行ってくださった。

お屋敷はさほど大きくはないが、お人柄を反映したような風格のあるものであった。

「あなたに是非これを食べてもらいたくて……」

案内されたのは、日当りの良い広いお庭で南に穏やかな海が見晴らせた。手入れの行き届いた芝生の一角に蜜柑の木が数本あって、どれにも見事な実が沢山なっていた。

「好きなのをお採りなさい」

私が恐る恐る手を伸ばすと、

「あ、それは駄目だ」

総裁はご自分で大きな実を慣れた手付でもいでくださった。味は予想以上においしかった。日当りもさることながら、日頃の手入れも充分にされているのだろうと思った。

総裁は〈旅路〉を毎朝ご覧になっていて、話題は尽きなかった。破綻に瀕する国鉄を立て直すために日夜闘っている方とは到底思えぬほど優しく温和な方であった。

帰りに蜜柑を沢山お土産に頂き、秘書さんをつけて自宅まで送ってくださった。

〈旅路〉といえば、最近ドラマの舞台となった北海道の神居古潭《かむいこたん》に記念碑を再建する計画が持ち上り、私にも協力を求めて来られた。

五十年前に建てられた碑の傷みが著《いちじる》しいので有志をつのったところ、予想以上に人が集まったので活動を開始したのだそうだ。

国鉄の神居古潭駅は〈旅路〉の主人公が勤務する駅で、当然のことながら現地でのロケが欠かせない。準備万端ととのえてロケ隊が乗り込んだところ、現場周辺は台本には無いはずの雪で真白になっていた。

テレビの放映の日は迫っているし、台本を書き直すこともできない。困りはて

ていると、

「私たちで何んとかしましょう」

駅の関係者と地元の住民が協力して雪を掻き、湯を沸かしてそれを解《と》かして一晩のうちにロケが可能な状態にしてしまった。

その時この作業に協力してくださった方々がまだご存命で、私の所にも〈『旅路』友の会〉の副会長という人がやってきて、記念碑の題字を書いて欲しいと言われた。

話を聞くと、建立の土地は現在旭川市と交渉中、資金はこれから集める予定だが、とにかく賛同の証《あか》しとして〈旅路〉の題字が欲しいというのだ。

ちゃんとした紹介者もなく、いきなり飛びこんできた話が嘘かまことかは判断に苦しむところだ。殊《こと》に最近は〈オレオレ詐欺〉などが横行し、家《うち》にも二、三度そうした電話があった。

多少の迷いはあったが、明らかに〈旅路〉のファンであることと素朴な人柄が読みとれたので、色紙を二枚渡した。

それから三年、彼は北海道から何度も上京して経過を報告し、遂に二〇一八年の秋、記念碑が完成して地元の新聞に大きく取り上げられた。足繁く通ってきた七十六歳の副会長は病に冒されており、九十歳の会長さんは自宅の庭にあった高価な神居古潭の〈油石《あぶらいし》〉を提供されたとのことだった。

世の中にはいつの時代も嘘とまことが混在して中々見分けがつきにくい。また私達の人生も常に嘘とまことの岐路で迷うことが多い。

できることなら、真実一路の人生を全うしたいものだ。

夫婦は二世《にせ》というけれど

今はあまり使われなくなったが、〈親子は一世《いっせ》、夫婦は二世《にせ》、主従《しゅじゅう》は三世《さんぜ》〉という言葉がある。

広辞苑を見ると、「親子のつながりは現世だけのものであり、夫婦は現世だけでなく来世にもつながり、主従は過去・現世・来世のつながりがあるということ」と説明されている。主従関係を重んじた江戸時代に流行《はや》ったものと思われるが、現在のように親殺し、子殺し、離婚、転職が頻発する世の中では、ちょっと理解しにくいものだ。

人の心は時代とともに大きく変化する。

今回は私たち夫婦の結婚について振り返ってみよう。

私は直木賞を受賞して間もなく、二十九歳で結婚した。相手は同門の伊東昌輝《いとうまさてる》で三十歳、当時の女性は二十四、五歳で結婚するのが普通だったから晩婚の部類に属するといっていいだろう。

伊東は私より五か月早く長谷川門下に入っていたが、他の先輩たちが私たちより十歳以上年うえだったのと、家が同じ渋谷区ということもあって、互いに親近感を持つようになったような気がする。長時間に及ぶ勉強会のあとは、彼は独りで新宿へ飲みに行っていたようだし、私は親との約束で真直ぐ帰宅することになっていたので、二人だけで話をすることはほとんど無かった。

或る年の正月。一月二日は長谷川門下の者や、親しい歌舞伎の役者さん、映画俳優さん等が集ってお祝いをするのが恒例だったが、その年は午後から雪が降りだして夕方頃にはかなり積った。先生の奥さんが心配されて、「伊東ちゃん、平岩さんを家まで送ってあげなさい」といわれた。

伊東はタクシーで私を神社の石段の下まで送ってくれた。途中どんな話をしたか覚えていないが、そのことが切っ掛けで親しみが増したように思う。時々、伊東に誘われて神田の古本屋に資料を探しに行くようになり、伊東も私の家に遊びに来るようになった。

私の家は神社だったせいか、来客には下戸《げこ》の人でないかぎりお酒やビールを出すことが多かった。父が酒好きだったせいかもしれない。

うな店に入った。

普段は〈どん底〉とか〈とんねる〉とか若者がよく行くバーに行くのに変だなと思っていたら、飲み物は彼はいつものトリスのハイボール、私にはこれもいつものアプリコットブランデーのサワーカクテルを注文してくれたので気持が落着いた。

久しぶりなので、積もる話をしているうちに時が過ぎていった。彼は少しやつれているようにも見えたが、それ以外はいつもと変りはなかった。話し疲れて、ちょっと言葉が途切れたとき、

「一緒にならないか」ごく当り前の調子で呟《つぶや》くように言った。「いいわよ」何故か私もごく自然に応じたような気がする。

「俺は名前をやる。そのかわり君は俺のところへ嫁に来てくれ」

多分ながいこと考えた上での言葉だったのだろう。言い終って表情がやわらいだ。

「名前をやるって、どういうこと」

「俺は平岩姓を名乗る。新民法では夫婦はどちらかの姓を名乗ることになっている。君は八百年続く神社の跡取りだし、うちは親爺《おやじ》が亡くなって、俺は会社の跡

をつぐつもりはないんだ」

「お母さんはそれでいいの」

「お袋は、お前が良いと思うなら、それでいいよと言ってくれた」

「そう……」

この言葉を私は重く受けとめた。

それというのも、彼の本名は伊藤昌利《いとうまさとし》で、伊東昌輝は神主である私の父が選んで付けたペンネーム。彼は伊藤家の長男であり、私は平岩家の長女。どちらも家督をつぐべき立場であった。昭和初期に生れた私たちにとって、跡をつがないということは両親や先祖に対して申し訳ないことなのだ。だから伊東は姓は平岩を名乗るかわりに、弓枝は伊藤家の嫁に来てくれという意味なのだとすぐに判った。

実はこの問題は私自身も悩んでいたことで、伊藤家に嫁に行くことを両親が許してくれるかどうかが心配であった。その難問の答えを彼は私の立場になって解決してくれたのだが、恐らくこの時は姓が平岩に変るだけで、平岩家の養子になることは考えていなかったのだと思う。新民法では妻の姓を名乗ることと養子になることとは意味が全く違うからだ。

私はもちろん彼に感謝したし、嬉しかったのだが、これはその後思わぬ展開をみせることになる。

伊東は父の都合の良い日を選んで神社に来て、二人の結婚の許しを乞《こ》うたが、その時の科白《せりふ》も「名前は差し上げますので、お嬢さんを私の嫁にください」であった。

父の諒承を得たあと、彼は長谷川邸に赴《おもむ》き先生に経過を報告するとともに、結婚の許しを願った。それというのも、新鷹会《しんようかい》では男女の恋は御法度《ごはっと》という噂が実《まこと》しやかにささやかれていたからだ。以前、新鷹会の会員同士が恋に落ちた挙句《あげく》の果《はて》、男は妻子がある身でありながら駈落《かけお》ちした事件があって、それ以来会員たちが神経をとがらすことになったようだ。だから伊東は長谷川先生の許しを得なければと考えたらしい。

先生は話を聞かれると、

「そうなると思っていたよ」

と仰って、極めて好意的だったという。

伊東が結婚式の仲人《なこうど》をお願いすると、

「それは戸川《とがわ》（幸夫《ゆきお》）君に頼み給《たま》え。僕は年を取り過ぎている」

とのことであった。彼は日を改めて戸川邸を訪ねて婚約の報告と仲人のお願いをし、更に村上《むらかみ》（元三《げんぞう》）邸にも報告に行った。山岡荘八《やまおかそうはち》先生の所へもお邪魔するつもりだったが、その前に先生の奥様が私の家に縁談を持ってきてくださったので、これは事情を説明して丁重にお断わりした。

伊東がここまで用意周到な手順を踏んだのは、新鷹会の一部の人が二人の様子を嗅《か》ぎ付けて反対の動きを始めたらしいという情報を耳にしたからだ。

結婚式は代々木八幡宮で父の祭主で行われ、披露宴はなるべく長谷川先生のお宅に近い所と考えて、高輪《たかなわ》プリンスホテルを選んだ。招待客は新鷹会の会員全員と、神社界では神職さん数人とうちの総代さん数人、それと両家の家族と親戚など百人程度に納めた。この私達の決めた人選には父は不満で、もっと大勢の方を招くべきだと主張したが、私がまた別の会を開くからということで押切《おしき》った。

その晩はホテルに一泊して、翌朝、新婚旅行に出発した。神戸・由布院《ゆふいん》温泉・長崎・奈良と廻《めぐ》って帰京したら、父から驚くような報告を聞いた。父が、独断で養子縁組の届けを出してしまったというのだ。

結婚届を役所に出すよう父に依頼しておいたのだが、父は伊東の言う通りに届けを出そうとしたら、係の人からこれでは弓枝さんが戸籍の筆頭者になってしまい、昌利さんはその配偶者ということになりますと言われて、伊東を将来自分の後継者にするつもりだった父が勝手にその場で変えてしまったのだ。

明治生れの父は妻が夫を差し置いて世帯主となると勘違いしたらしい。因《ちな》みに父は鳩森《はとのもり》八幡神社の長男として生れたが、事情があって代々木八幡宮の養子となった人なので、自分の経験に照らしてそうすべきとの判断に至《いた》ったのだろう。

このことを知った伊東は暫く考えていたが、

「お父さんが私の為を思ってしてくださったことですから、それで結構です」と言ってくれ、無事落着した。

その後、法律や世間の仕来《しきた》りにとらわれることなく、伊東は文学活動は伊東昌輝、神社関係は平岩昌利として仕事をしているし、伊藤・平岩両家の祭祀や墓参も欠かさない。

冒頭に親子は一世、夫婦は二世、主従（師弟）は三世という古い慣用句を紹介したが、そのいずれも互いに思いやりと、温かい愛が伴えばこそで、それが失われればたちまちこの関係は破綻する。

何よりも大切なことは、自分以外のものに対する思いやりと、それを実行する決断力ではないだろうか。

あれから六十年の歳月が流れたが、彼も神社界で大成《たいせい》し、私もそれなりの成果をあげることが出来たのは、本当に仕合《しあわ》せだったとつくづく思う。

神様が書かれたシナリオ

人生には幾つかの節目があるといわれているが、米寿を迎えた私にとって最大の節目は、昭和三十四年（一九五九）から三十六年にかけての二年間だったと思う。

この僅か二年程のあいだに直木賞を受賞して作家となり、結婚して妻となり、長女を生んで母となった。いずれもそれまでは予想だにしなかったことで、〈極《ごく》楽蜻蛉《らくとんぼ》〉といわれた私や、〈石橋を叩いても渡らぬ男〉と長谷川伸先生に評された伊東としては手際が良すぎる行動で、此等のことはどう考えても神様がシナリオを書かれその通りに動いたとしか思えない。

長女の誕生について少し述べてみよう。今考えてみると、これも決して順調なものではなかった。

病院は踊りの西川流の家元西川鯉三郎《こいさぶろう》師から近くにある聖路加《せいるか》病院を勧められ

て通っていたが、お腹が大きくなるにつれて困ったことが起った。それは胎児の位置がなかなか定まらないことだった。正常な場合は胎児の頭は子宮口に向いているべきで、その逆だと分娩の時に難産となる。いわゆる逆児《さかご》という状態だ。逆児は自然に正常な位置に戻ることもあるし、妊婦《にんぷ》が医師の指導によって簡単な体操を行ったり、医師の手で〈外回転術〉を施して直ることもある。治療としてはそれほど難しいものではないが、私の場合は何度戻しても次の健診時にはまたさかさまになっていた。

「ずいぶん活発なお嬢さんですね。生れる前からでんぐり返しばかりしている」

と担当の松岡先生がお笑いになったが、すぐ真顔になられて、

「お仕事はかなりお忙しいですか」

とお尋ねになった。

「はいお蔭様で」

この二年間に雑誌の短篇小説十三本、連載小説が一本、新聞の連載小説が一本、ラジオドラマ一本、テレビドラマ一本、狂言の台本一本、これは初めて書いた狂言にもかかわらず大阪芸術祭賞を贈られた。

なにしろ小説らしいものを書いた三本目の作品が直木賞に当選したものだか

ら、あとは勉強のつもりで注文はすべて引き受けていたのだ。

「それはかなりの分量ですね」

松岡先生は溜息まじりに忠告された。

「作品を書くということは、かなり神経を使う作業ですからね。それも坐ったままだし、出来れば姙婦さんは適宜に体を動かして余りくよくよせずに暮らすのがいいのです。なるべくお仕事を減らして、のんびりとお過ごしください」

「はい、分りました」

とお応えしたものの、一旦《いったん》引受けた連載小説を途中で止めるわけにもいかず、そのままずるずると書き続けていたら、昭和三十六年九月九日の早朝腹部に違和感を覚えて目が覚めた。

さほど強くはないが痛みもある。まだ出産予定日ではないが、咄嗟《とっさ》に〈流産〉という言葉が頭をよぎった。私が幼い頃母が流産したことがあって、父と一緒に病院に見舞いに行ったら、あの男まさりで気丈な母が涙を流し、身をよじって泣く姿を思いだしてぞっとした。それ以来母は二度と身籠もることはなかったのだ。

その頃私たち夫婦は渋谷区幡ヶ谷の伊東の実家で暮していた。

この家は十年程前に伊東の父が買ったもので、前の持主は明治座の支配人をしていた方だったそうで、私たちが住んでいた八畳の和室は書院造りで廊下をへだてた庭には池があり、その一角にある大きな庭石からは蛇口をひねると上から水が滝のように流れる仕掛けになっているなどかなり凝った造りの家だった。

「どうしたの」

私のただならぬ気配に気付いたのか、伊東が隣りから声をかけてきた。

「早期破水か流産したかも。早く病院に電話して……」

彼は布団を撥ね除け、母屋の方へ飛び出して行った。義母や義妹やお手伝いさんはまだ寝ているかもしれないが、電話は茶の間に置かれていた。

私はパジャマの上にガウンを羽織り取り敢えず入院に必要なものをカバンに詰めた。

間もなくハイヤーが到着し、私は後部座席に毛布を敷いて横になった。伊東は助手席にのり、出発した。早朝なので道路は空いており、運転手さんは私を気遣い静かに運転してくれた。

病院までは一時間くらいかかっただろうか、私にはその何倍にも長く感じられた。伊東は前の席から何度も声をかけ、励ましてくれた。

無事到着すると、四隅に車のついたベッドに乗せられ、そのまま病室まで運ばれた。伊東は二階の待合室で待つように言われ、そこで別れた。

独りになり心細かったが、間もなく松岡先生がおいでになったので安心した。

「流産でしょうか」

「いいえ、早期破水です。よくあることなので全く御心配には及びません」

その声はまるで神様のお声のようで、すっと肩の力が抜けたような気がした。

早速検査が始まり、最後にレントゲンをとった。それから暫くは個室で独り待つことになった。

窓から青い空が見え、そこに秋めいた真綿のような雲がぽっかり浮いていた。緊張がとけたせいか瞼が重くなり、いつの間にか眠ってしまった。

どのくらい時間がたったか、松岡先生の声で目が覚めた。先生から検査の結果と今後の処置の方針について、くわしい御説明があった。

その内容を要約すると、やはり早期破水で検査の結果健康状態はすべて正常で問題はないが、レントゲンで観察したところ矢張り胎児は逆児で、しかも臍《へそ》の緒が首に三重に巻きつく〈臍帯巻絡《さいたいけんらく》〉という状態であることが判明した。したがって医師としては大事をとって〈帝王切開〉をお勧めするということであった。

帝王は古代ローマ帝国の皇帝シーザーのことで、彼が生れたときこの方法で出生したという伝説があり、そこからこの名がつけられたということは聞いたことがある。皇帝でも武士でもない駆け出しの作家が切腹では話にもならないと思ったが、生れてくる娘のことを考えるとこれはやらざるを得ないと思った。

「ではお願いします、そのかわりなるべく痛くないように……」

「大丈夫お任せください、全身麻酔で痛みはありません。最近では自然分娩の陣痛を避けてわざわざ帝王切開を選ぶ方もいらっしゃるくらいですから」

あとで聞いたことだが、松岡先生は待合室で待つ伊東のところにもおいでになって、私と同じように手術の諒解をとられたそうだ。

松岡先生が告げられた手術の時刻と同じ頃に病院の礼拝堂とおぼしきあたりから美しい歌声が聞こえてきたそうだ。

その荘厳な響きから、伊東は思わず妻と娘の無事を神様に祈ったという。その時の祈りの言葉は、〈私の生命《いのち》と引替えにどうか女房と娘の生命をお助けください〉であったそうだ。

この時の体験がきっかけで、伊東は日本の敗戦で見失った神々とのつながりを取り戻すことが出来たとあとで私に語ってくれた。もしこうしたことが無かったならば、彼は神を持たない形骸化した神主で一生を終ったかもしれない。この事は彼にとっては仕合せだった。

私もそれと同じような体験をしていた。麻酔から覚めて体調が元に戻った頃を見計らい看護婦さんが、赤ちゃんを連れてきて横に寝かせてくれた。赤ちゃんの顔って本当に赤いんだ、だから赤ちゃんと呼ぶんだと思った。

薄い産衣を通してわが子の温もりが伝わってくる。

「おっぱい、飲ませてみます」

頷くと、看護婦さんが器用な手つきで私の乳首を赤ちゃんの口に含ませる。すると強い力で赤ちゃんは初めて私の乳を吸いだした。

(私はとうとうお母さんになった)

小さな舌の感触からくる、言葉では語り尽せない感動だ。(私の生命はこの子に伝えられるのだ) それは何十万年も前から継承されてきた尊い、奇跡のような生命であった。(この子のためにもいい仕事をしなければ……) 体中に新しい力が蘇《よみが》えってくるような気がした。

今あらためて考えてみると、伊東が神を再発見するきっかけとなった歌は賛美歌だったのだろうし、私が出産したのもキリスト教系の病院だったのだが、特に特定の宗教とは関係なく、日本人の血に染みつき伝えられたものが、子どもの出産という出来事を契機に姿を顕わしたということだろう。

しかし私たちは勝れた医療技術を天使のような心で提供してくださった病院とその関係者の方々には、心からの感謝を今でも決して忘れることはない。その後この病院で次女の出産もお世話になった。

わが家の応接間のピアノの上には高価な置物等は一つもないが、そのかわりほぼ十年くらいの間隔で撮った六枚の家族写真が並んでいる。私の叙勲や伊東が神社本庁の長老になった時や孫たちの入学とか、いずれも家族の節目節目の時の記念の写真である。家族は私たちにとって、何よりも大切な宝物だ。

この写真を見るたびに、私は何故か子供の頃父に連れられて行った江の島の海岸で、打ち寄せる波と戯れた時のような幸福感に充たされる。

若い頃はこんなに永く生きるとは思わなかったし、予想だにしない喜怒哀楽もさまざまに体験したが、振返ってみれば良い人生だったと思う。

戦いすんで日が暮れて、水平線の彼方に沈んで行く赤い夕日を眺めながら、いまは亡き両親や恩師や友人たち、そして私を支え続けてくれた家族たちのことを思い出す日々であり心境だ。

だが、もしかすると、私の人生は私自身が描いた物語ではなく、私の目に見えない神様がお書きになったシナリオを、私が必死になって舞台で演じてきたような気もする。

大根役者の私の演技を、神様ははたしてどのように御覧になられたであろうか。もちろんこれからも大根は大根なりに、一生懸命生きてゆく積りではあるのだが。

マイカー三昧《ざんまい》

令和二年、世界中が新型コロナウイルスで危急存亡の秋《とき》、コロナといえば新型肺炎のことしか思い浮かばないが、平時には太陽が月の蔭に隠れる皆既日食の際、黒い太陽の周辺に見られる光のことだ。

コロナで思い出すのは、私がたしか高校生の頃にあった北海道の礼文島の皆既日食で、東京では部分日食だったのだが、苦労して割れたガラス片を煙で燻《いぶ》して待っていたら確かその日は雨降りでがっかりしたことがある。

翌朝の新聞を見たら、見事なコロナの写真がのっていた。それ以来道を歩いていてたまたま部分食を見たことはあるが、まともに観察をしたことはない。

もう一つコロナに関する思い出は昭和四十一年（一九六六）頃。生れて初めて買った〈コロナ〉というトヨタの小型車で、価格は七十万円位だったような気がする。デラックスは高くて買えずスタンダードにした。

喜び勇んで教習所へ通いレッスンを受けたのだが、或る日教習を終えて車を降りようとすると教官に呼びとめられた。

「前から気になっていたのですが、あなたは運転中に何か考えごとをしていらっしゃいませんか」

「さあ……」

言葉の意味を取りかねていると、

「あなたは御自分で車を運転なさるより、運転手をお雇いになった方がよろしいのではないでしょうか。テレビドラマの脚本や小説をお書きになるのは大変だと思いますので」

「……分りました」

素直すぎるとは思ったが、確かにハンドルを握っていても原稿の締切りが気になっていたのは事実だし、運転のセンスが無いこともうすうす気がついていたので、忠告を受け入れることにした。

それ以来、車の運転はすべて亭主の役割となり、私は心おきなく創作に没頭することができたのは、やはり良かったのではないかと思う。

この車は三年後に、新宿の明治通りでトラック二台と乗用車五台が絡む大事故に遭い、そのころ幼稚園に通っていた長女と私、それと同じ幼稚園のお友だちとお母さま、主人を含めて五人全滅の憂き目をみるところだったが、迫りくるトラックに気付いた伊東がとっさにハンドルを左に切ったお蔭で助かった。

事故の原因は反対車線で右折しようとしていた大型トラックにもう一台の大型トラックが激しく追突したためで、前の車が撥ね飛ばされてうちのコロナにぶつかり、更に道路脇の細い電信柱をへし折った。

この時ちょうどコロナを買いかえるつもりで下取りに出していたが、その値段が二十数万円、事故の修理代の見積りがそれとほとんど同じだったので、事故を起した会社に下取り価格で引き取ってもらった。

それにしても、私が運転していなくて良かったとしみじみ思った。

（やっぱり車は大きくて、頑丈でなければ駄目だ）ということで、伊東と相談してコロナから一クラス上のクラウンに変えた。もちろん価格も高かったが乗心地も上々で、私の定席である助手席で運転もできないくせに文句ばかり言っていた。

それで私は満足だったのだが、ある時自分でもちょっと度が過ぎることを言ったなと思ったとたん、彼が突然急ブレーキを踏んだ。体が前のめりになり思わず息を呑む。それが彼の無言の抵抗と覚《さと》ったので、それ以来アドバイスはなるべく短かくさり気なくするようにした。

その甲斐あってかどうかは分らないが、その後さしたる夫婦喧嘩もなく快適なドライブを楽しんでいたのだが、或る夏、箱根に遊びに行った時の帰りだ。

「乙女峠から御殿場回りで行こう、富士山の眺めが素晴しいそうだ」

と提案された。その日は稀にみる好天で、青空を背景にした日本一の秀麗な山の姿を思い浮かべ一も二もなく賛成した。

ところがそれから間もなく、思いもよらぬ出来事のために危うく命を失う破目に陥ることになるとは、二人とも夢にも思わなかった。

仙石原から芦ノ湖スカイラインの料金所を抜けて暫く行くとカーブの多い下り道になる。その日は対向車の数も少く、音楽を聴きながらのんびりと前方に移り変る景色を眺めていたら急に運転席の動きが変ったことに気がついた。

ブレーキを踏んだりハンドルを左右に必死で動かそうとしているようにも見える。

「どうしたの」

と聞いても返事もしない。それどころか車のスピードが増し、左の谷の方へと近付いて行くではないか。何故かハンドルもブレーキも効かなくなっているらしいのだ。

彼の顔に大量の汗が吹き出していた。

（駄目だ……）私は思わず目をつぶった。顔を両手で覆い、次なる衝撃に備えて体を石のように固くした。息を止めてその時を待ったが、変化は何も起らなかった。

恐る恐る目を開けてみると、車は崖の直前で止っており、彼は額の汗を拭いていた。

「ごめん、心配かけて」

「何があったの」

「坂道でエンジンを切ったのがいけなかった」

彼は再びエンジンをかけて走りだしたが、別に何んの異状も感じられなかった。彼もいつもの表情に戻っている。

その説明によると、今度買いかえた車はオートマチック車で前のコロナに比べるとギヤの切り換えが楽になったり、ハンドルやブレーキの操作も軽くなるなどの利点も多くなった。走行中にエンジンを切ると逆に危険だということも説明書で知ってはいた。

前のコロナはマニュアル車（変速装置が手動の車）であったので、坂道でエンジンを切っても途中でクラッチを踏んでギヤを入れさえすれば自動的にエンジンがかかる。それを利用してガソリンの節約をする癖が身についてしまったらしいのだ。

無意識のうちにエンジンを切った結果ハンドルとブレーキが効かないことが分り、慌てた。残された時間はあと僅か数秒だ。そのあいだに何んとか活路を見出さなければ……。彼は最後に思い切ってハンドルを渾身の力をふりしぼって右へ切った。すると車体が少し右方向に首を振ったような気がした。

それならばとブレーキをいつもの何倍もの力で踏むと反応し、やがて停止した。

「助かった」

口には出さなかったが、本当にほっとしたという。

「俺のことはともかく、女房を道づれにしなくて本当に良かった」

とも言ったが、これは本当かどうかは分らない。

その後、外車も含めて三台くらい車を代えたが、結局は国産車に戻り、今では四輪駆動のランドクルーザーに乗っている。

三十年くらい前たまたま愛知県豊田市の自動車工場から頼まれて講演に行ったのが、通称ランクルを製造する所だったのだ。

講演が終り、駅までそこの一番えらい方が運転手つきのランクルで送ってくださった。

ランクルを見たのは初めてだったが、今まで乗ってきた車にくらべると遥かに大きく頑丈そうであった。車内も広く座席数も多い。車高が小型バス並みに高いので窓からの眺めもいいし乗心地も最高だ。それに安全面から考えても申し分ない。

そんな話を隣りの席のトップの方にお話しすると大変喜ばれて、「もしお買い求めいただけるようなら、現在予約が半年待ちですが、すぐに納車するよう手配いたしますよ」とのことだった。

「お願いします」

という言葉が口許まで出かかったが、

「一応主人と相談いたしまして……」

ということでその場は終った。実際に運転するのは私ではなく伊東なのだし、車が大きくて嫌だといえばそれまでだ。

案ずるより産むが易しで、帰宅後この話をすると彼の方が私より余程ランクルについての知識が豊富で、購入に関しても積極的であった。多分私と同様、車の安全性についての意識は人一倍強かったからだろう。

ランクルは約束通り一週間くらいで我が家に到着した。心配していた運転も彼は難無く克服した。さすがにグライダーの自家用操縦士免許取得者だけのことはあると感心した。

娘や孫たちが、

「まるで戦車みたい」

と言ってくれたのも嬉しかった。何んといっても車は安心安全が第一だ。

私は一人っ子で子供の頃はいつも独りぼっちで寂しい思いをしてきた。結婚して子供を授かったおかげで、両親はすでに他界したが娘たち夫婦に孫が四人、皆んなスープの冷めない範囲に住んで互いに助け合って生活している。家族の団欒《だんらん》にもランクルは大きな役割を果してきた。

しかし最近、伊東は本気で免許証の返納を考えているらしい。女房が言うのもおこがましいが、彼は頭も体もまだしっかりしているし、数年前の免許証更新の際に受ける認知症検査のテストでも九十点以上の成績だったというからまだ大丈夫だと思うのだが、万一事故を起して人様《ひとさま》や家族に迷惑をかけたり、自分の経歴に瑕《きず》がつくことを虞《おそ》れて決心したらしい。

私も残念ではあるが、反対しないつもりだ。

「とみ」の思い出

生まれも育ちも東京の渋谷区の代々木八幡宮の宮司の一人娘として誕生し、成長した私の子供時代、周囲にいる人々はすべて神社の職員ばかり、年齢でいうと三十代から五十代の働き盛りであった。

幼年期の私には、周囲に同じ年頃の友達が居らず、父親から買ってもらった講談社の絵本を読むか、父親が当時、境内地《けいだいち》にあった剣道場で近隣の青年達に体を練《きた》えるべく神道無念流《しんとうむねんりゅう》とやらの剣道の稽古をつけていて、好奇心たっぷりにそれを見物しているかであった。

そこで父親は娘に、お前もやってみるかと子供用の剣道の道具類を買い与え、他の弟子の稽古の余暇に、面々胴《メンメンドウ》、籠手面胴《コテメンドウ》と教え込んだ。

父親としては、娘の健康のためであり、この際、ひっ込み思案の弱虫から脱却する何よりの訓練と思ったようだが、それを知った平岩家の祖父母が、女の子に何ということをさせる、怪我でもしたら取り返しがつかないと猛反対をして、結局、私は剣道場立ち入り禁止にされた。

そうした家庭内のトラブルに幼かった私はチビなりに反抗して家族と口をきかなくなった。結果、祖父母が気を使って、とにかく孫娘が喜ぶようなことをみつけて、機嫌直しをしなければ、それには良い友達をみつけてやるのが早道という話になったが、あいにく、周辺には適当な子供が見当らない。

そのうちに誰がいい出したのか、仔犬か、仔猫かを飼ったら喜ぶのではないかと提案があって、いや、猫はいけませんよ、神様にお供えする鮮魚をねらって野良猫が這《は》い込んだら、猫同士の奪い合いになる、その点、犬なら大丈夫、どこかに今年、生まれた仔犬が居ませんかね、一匹もらって、弓枝さんの遊び相手に出来るんじゃありませんか、そういえば、Kさんのお宅につい二、三か月前に仔犬が生まれたっていう話でしたよ。と、とんとん拍子に話が進んで、数日後、Kさんが御自身で気に入ったのを選びなさいと迎えに来て下さって、私は大喜びでKさんのお供をしてK家へ出かけて行った。

K家は代々木八幡宮の氏子の中でも指折りの名家であり、氏子総代の筆頭ともいうべき地位にあり、御当代は温厚篤実《おんこうとくじつ》をもって聞えた方であった。

どの仔犬でも気に入ったのをおえらびなさい。せいぜい、可愛がってやって下さい。わたしもお宮へ参詣かたがた、ワンちゃんの顔をみに行きますよ、といわれて私はよちよちと近づいて来た一匹を抱き上げた。

柴犬で、両眼の上、左右の眉毛に当る部分の毛並が丸く生えていて、まるでお公卿《くげ》さんの眉のような感じに見えるのが愛らしい。見知らぬ女の子に初めて抱かれたにもかかわらず、もがきもせず、私がそっと頭を撫《な》でると気持よさそうに目を細めて私の手に頭をすりつけている。

お菓子とお茶を御馳走になってK家に暇《いとま》を告げる時、仔犬はK家ですでに決っていた「とみ」という名前と共に、私に抱かれて代々木八幡宮の宮司の住居へ移住する結果になった。

身贔屓《みびいき》ではなく、仔犬は私になついた。

名前を呼ぶとすぐ走って来るのに、他の誰が呼んでも知らん顔をしている。当然、仔犬の世話は私がすることになり、一人と一匹は一日中、一緒に暮し、境内地を走り廻ったりしていたが、参詣の方たちの迷惑になってはならないと宮司の配慮で社務所の中庭に犬小屋を設置し、周囲に取りはずしの出来る柵を設けて仔犬が自由に外へ出られないようにした。子供の私一人では手に余る犬の運動は犬好きの書生がひき受けたりして、なんとか周囲の顰蹙《ひんしゅく》をとりつくろっていた。

実際、「とみ」は賢い犬だったと思う。

間もなく、私は学齢期を迎えて、私の両親は、まず幼稚園へ入園させて集団生活になじませようと考えたが、あいにく近くにあった幼稚園はキリスト教の教会が経営するもので、神職の娘がキリスト教の幼稚園というのはそぐわないという者があったとかで、結局、歩いて行ける距離にある富谷尋常小学校の評判がよく、両親も是非にとそちらへ入学を希望し、私は無事に一年生となって毎日、元気よく通学していたが、困ったのは、幼稚園に行けなかった娘のために、父親が国語の読み方、書き方など初歩の勉強をせっせと教えてしまっていたことであった。

当時、多くの子供達は小学校に入学してから、教室で、国語、算数、歴史と先生から学んで行くのが普通で、アイウエオ、カキクケコ、一タス一ハ二、といった具合に教えられる多くが新鮮で学び甲斐《がい》があった筈なのに、私の場合、すでにそうした初歩の学問を父が教えてしまっていたので、教室での勉強が面白いと思えなくなった。

毎日、ランドセルを背負って通学するのが馬鹿らしくてならなかったのか、今、思えば情ないというか、適当な言葉もみつからないが、勉強ぎらいの私がやってのけたのは、まず、受持の先生に一時間目が終ると、お腹が痛いと訴えたもので、先生はまさか生徒が仮病を使っているとは思われないので、とりあえず、では、おうちへお帰りなさい、と返事をなさる。得たりと私は教室を出て、そのまま自宅へ帰れば家族からこんな時間にどうしたととがめられるのが必定《ひつじょう》なので、学校と家との途中にある材木問屋の材木置場のかげに座り込んで、困ったなあと途方に暮れている。

すると、何故、犬が、と今も不思議に思うのだが、我が家の飼犬の「とみ」が、まっしぐらに走って来て私の隣へ跳び乗って、まずおすわりをし、お手をし、ワンと吠えてみせる。私に寄り添って頭をすりつけ、心配そうに私の顔を眺め、舐《な》めたりもする。「とみ」がそこに居てくれるだけで私は安心して「とみ」の相手をして時間の経つのを待っている。

やがて、正午を知らせるサイレンの音が聞える。小学校の下校時間でもあった。なんとなく、私が立ち上り「とみ」も立ち上って、一人と一匹は迷うことなく、自宅である代々木八幡宮へ帰り出す。神社の石段の下まで一緒に来た「とみ」は、そこまで来ると、いきなり石段をかけ上って行く。

ここから先は目撃者の話だが、「とみ」は境内地へ出ると、そのまま、自分用の犬小屋へ入り、内側で体のむきを変えると、半身を小屋から出して、なんとも、よい声で啼《な》く。それを見た神社で働いている人々は、「とみ」が啼いているから弓枝さんが帰って来たようだと話し合っていると、私が石段を上って、「只今」と手を上げる。

この「とみ」と私の連携プレイは、間もなく、私の受持の先生が、たまたま神社に用事があって来られた際に話をされたのがきっかけで全部ばれたが、その時、我が家の人々がいったのは、

「犬までが、グルになっているので、わからなかった」

という慨嘆《がいたん》であったと、これは今でも思い出ばなしになっている。

この話には後日談があって、受持の先生から「とみ」と私のやりとりを作文にしてみたらと勧められ、出来上った見開き二ページほどのものが、ちょうど渋谷区が青少年向きの文集として発行していた小冊子に投稿という形で掲載された。

物事はとんとん拍子に行く時は行くものだそうで、小冊子に載った私のささやかな一文は、編集者から好評を得て最高点になり、私は受賞者として区役所へ呼ばれ、賞状と銅製の犬の置物を頂いた。

家族はもちろん、大喜びで、とりわけ祖父母は会う人ごとに孫自慢をし、この子は将来、作家になるかも知れないとあてにもならない夢をみるようになり、冷静に対処していた両親までが、娘は理数科系は全く駄目だが、文学のほうに自分の行く道をみつけるかも知れないなぞと話し合っていたらしい。

私が作家の道へ進んだのは「とみ」のおかげであったのかと、今ではあの世の「とみ」に感謝している。

お供猫《ともねこ》〈花《ハナ》〉

私の生れた代々木八幡宮の周辺は、今でこそ高層ビルが立ち並び、近くの原宿は平日でも若者たちで賑わい、青山通りから明治神宮に通ずる神宮前通りの左右には海外の名店が軒を連ねて、さながらパリのシャンゼリゼを髣髴《ほうふつ》とさせる風情だが、つい五十年くらい前までは、車も人もまばらにしか通らない静かな通りだった。

それが一変したのは昭和三十九年（一九六四）に開催された東京オリンピック大会で、それ以降私たちの身の回りにも様々な変化が生じてきた。

新幹線が走り高速道路が造られ、下水道が整備されてトイレが水洗式になり、マイカーを持つ家も珍しくなくなった。横町の路地や電信柱への立小便が無くなったのもこの頃だったような気がする。つまりオリンピックをきっかけに、日本人が先進国の制度やマナーを意識するようになり、当時の経済発展がそれを後押したからだった。

うちの神社でも境内の一角から富士山が見えていたのに、次々と建つビルのために視界から消えた。良い点では、生れたばかりの子猫を四五匹ダンボールに入れて捨てて行く人が多くて困っていたのだが、先進国並みに動物愛護の精神や法律が広く浸透したせいか可成《かなり》減少した。

それでも捨て猫は皆無とはいかず、今でも二十匹くらいは居るようだが、昔と違うのは猫好きの人が餌やりに来たり、ボランティアの人が区の補助を得て避妊をしてくれるので、ほぼ一定の数で納まっている。

「お供猫《ともねこ》〈花《ハナ》〉」も実はその中の一匹で、お腹を空かせて私の家にやってきた雌《めす》猫だった。白地に所々黒の模様のある極く平凡な猫で、痩せぎすなのは野良猫ぐらしが長期に及んだからだろう。

私がこの猫を意識するようになったのは、或る日、外出から帰ってきた私の目に猫の姿がとびこんできた時だった。裏木戸の前でこちらに背を向けて坐っていた。その恰好がいかにも案内を乞う人のようで面白かった。

餌を欲しがっていると思った私が驚かさぬように近寄ろうとすると、一瞬でその姿は私の視界から消えた。彼女は驚くほど俊敏であった。

こんなことが何度かあり、木戸の内側に食べ残しの魚の骨を置いてやると、翌朝皿の上から小骨一つ残らず消えていた。

実はちょうどこの頃、家《うち》の周辺ではそれまでの木造家屋を取り壊してマンションや事務所にする所が増えてきて、多分そのせいだろうと思うのだが、鼠が天井裏を走り回ったり、台所に置いておいた野菜が齧《かじ》られたりすることが多くなった。鼠取りの檻《おり》や薬を使ってみたが余り効果がなく、粘着シートは効果はあったが過《あやま》って足で踏んでしまい、その後始末に苦労するなど困りはてていた。

そこでふと思いついたのが、最近ちょくちょくやってくる猫ちゃんの手を借りることだった。早速伊東に頼んで餌付けをしてもらい、私は猫の屎尿《しによう》の始末の道具や毛梳《す》きの櫛《くし》やブラシを買い揃えて待つことにした。

腹ぺこの筈だから、餌さえ見せれば簡単に家へ入るだろうと思っていたのだが、私の思惑は見事にはずれた。餌は食べるのだが、人が近付くと毛を逆立てて威嚇《いかく》する。頭を撫でようとすると鋭い爪で抵抗する。何年野良猫生活をしていたのか分らないが、とにかく感心するほど野性の本性丸出しの猫だった。

それでも数か月かけて漸《よう》く家の中で食事をし屎尿をするようになったが、普通の猫と違い体には指一本触れさせなかった。

ほんとうにかわいげのない猫だったが、鼠をとることについては名人級で、たちまち五六匹を捕獲したためその功績を称えて、名前を〈花子〉通称ハナとつけてやった。家にはほかにシェパードで〈太郎〉という犬がいたので自然とそうなった。私たちが小学生の頃の国語の教科書に出てくる男の子と女の子の名前は、たいがい太郎と花子であったからだ。

太郎は図体の大きい割に臆病なのに、花子はまったくその逆なのが面白かった。鼠が〈ハナ〉のお蔭で居なくなった頃、以前から計画していたわが家の耐震工事が始まった。工期は半歳《とし》ほどだが、私は娘たち一家の住む近くのマンションに、伊東は勤めの関係から社務所の二階にある職舎に移動して、犬はそのまま庭の犬小屋に、猫は娘のところでも小犬を飼っていたので、伊東と行動を共にすることにした。

夫婦の別居は結婚以来三十年ぶりのことではあったが、場所はいずれも神社の敷地にあったのでお互いに然程《さほど》の不自由は感じなかった。たぶん一番の被害をこうむったのは太郎と花子だっただろう。太郎はデリケートで工事の騒音で食欲を失い、ハナは場所が変ったせいか数日間は夜になると一晩中鳴き通して伊東を困らせた。とすればこの工事で比較的影響を受けずに仕事ができたのは私だけだったかもしれない。

この頃、伊東は代々木八幡宮の宮司のほかに神社庁や女子大学の理事、刑務所の教誨師《きょうかいし》などを務めていたので帰宅が夜の八時九時になることが多かった。神社の社務所は午後五時に閉められるので、それ以後は鍵がなければ中には入れない。

或る晩のこと、会議が長引いて帰宅した伊東が部屋に行くと、いつも留守番をしている筈の〈ハナ〉の姿が見えないことに気がついた。社務所中探したが何処《どこ》にも居ない。

そのうち気が付いたのは〈ハナ〉は外で遊んでいるうちに日が暮れて閉め出されたのかもしれないということであった。折から師走の風の冷たい夜で、あの寒がりの猫がと思うと、伊東は我れを忘れて外へ飛び出し猫の名前を呼んだ。

実はこの猫が寒がりだと伊東が知ったのは社務所の二階へ引越してからで、伊東はベッドに寝たが猫にはダンボールを用意して中にはタオルを数枚入れてやった。ところが最初のうちはおとなしくダンボールで寝ていた筈の〈ハナ〉が夜中に伊東がふと目を覚ますといつのまにか彼の足許にきて寝ていたそうだ。

ダンボールに戻すのも可哀想とそのままにしておいたら、朝になったら〈ハナ〉がベッドの真ん中に寝ていて、自分はベッドの片隅に押しやられ丸くなって寝ていたと可笑しそうに報告した。

「猫のせいで風邪でもひいたらどうするの」

と私は眉をひそめたが彼は、

「あの猫は気性が激しい割にはひどく寒がりらしいな」

そんなことがあったので、伊東は何んとしても行方不明の〈ハナ〉を探してやらねばと思ったようだ。しばらく一緒に寝ているうちに〈ハナ〉に対する彼の愛情がより深まったということか。

広い境内を時間をかけて隅《くま》なく探したが、結局猫の姿を見付けることはできなかった。半ば諦めかけた時、ふと思いついたのは境内の一角にある古代の住居跡であった。これは今から四千五百年ほど前の縄文時代中期の住居跡で、昭和二十五年に発見され復原されたもので、現在は渋谷区指定史跡となっている。

伊東は寒がりの猫のことだから、多分この中に居るに違いないと当りを付けて、フェンス越しに口笛を吹いてみた。すると暗い茅葺《かやぶ》きの古代住居の中から猫が一匹とび出してきた。〈ハナ〉だった。

それ以来、伊東と〈ハナ〉の間には不思議な関係ができあがった。彼が口笛を吹くと、何処からともなく〈ハナ〉が現われ、嬉しそうに彼の後ろについてくるようになった。

この関係は家の改修工事が終了したあとも続き、毎朝彼が社務所に出勤するとき、

「ハナ、さあ行こう」

と声をかけると、それまで寝ていた〈ハナ〉がむっくりと起き上り、いそいそと宮司の横を小走りに付いて行く。帰る時に口笛を吹くと〈ハナ〉がまた小犬のように駈けてきて、白衣に白袴姿の宮司に付かず離れず従って帰宅するのだ。その姿が可愛いのと珍しいのとで話題になり、〈ハナ〉は宮司さんのお供猫と呼ばれ、わざわざその姿を見ようと神社にやってくる人も居たようだ。〈ハナ〉は〈ハナ〉で、こうして日中は野良での生活と夜は家での安息の時を楽しんでいた。

私たちは〈ハナ〉が野良猫だったので、正確な彼女の年齢を知らなかった。しかしかなりの年であることは推測できた。〈ハナ〉がわが家に来てから十年ほど経過した頃、何んの前触れもなく彼女の姿が消えた。二日たっても三日たっても帰ってこない。猫は死ぬとき黙って姿を消

すと聞いていたので、心配した伊東はまた境内を探しはじめ、この時は家から然程遠くない崖の途中の草むらの中にうずくまる彼女を発見し、わが子を抱きかかえるようにして戻ってきた。

よく見ると体力が衰えているせいか毛の中には無数の蚤《のみ》の卵が生み付けられており、伊東は幾日もかけてそれ等を取り除いた。そのせいか〈ハナ〉はふたたび餌を食べるようになった。

それから間もなく東日本大震災があり、その年の暮、今度は伊東が体調を崩して入院し、病院での生活は一か月半にも及んだ。病名は腎不全であった。〈ハナ〉はほとんど外出もせず、ひたすらご主人の帰りを待っていた。だが本当は昼も夜も食事をする以外は寝ていたと表現するほうがいいだろう。〈ハナ〉も年寄りになっていたのだ。

伊東が退院した日の〈ハナ〉はご主人の気配を感じたのかむっくりと首を起こし、近くの椅子に腰かけた伊東の足許によろよろと歩いて行き、『抱っこして……』とでもいうように伸び上がって膝に前脚を掛けた。

「そうか、そうか」

そっと抱き上げ頬ずりすると、安心したのか膝の上で丸くなって目を閉じた。

「やっぱり帰りを待っていたのねえ」

「うん、また逢えてよかった……」

神社では正月の松飾りも取れ、拝殿前の初詣での行列もかなり短かくなっていた。

〈ハナ〉は一週間ほど宮司の膝に乗せてとせがんでいたが、そのうちふっと姿を消して帰らなかった。今度はいくら探しても〈ハナ〉は見付からなかった。

冬の夜空は空気が澄んで、星の瞬きが美しかった。

「ハナはどの星になったのかしら」

「月で兎と遊んでいるんじゃないか」

その月は少し欠けてはいたが、境内の木立の透き間から明るく光り輝いて見えた。

丑《うし》の刻《こく》まいり

東京渋谷区の代々木八幡宮は、山手通りに面した石段を四十段ほど登った高台にあって、およそ四千坪の境内には樹木が生い茂り、此処《ここ》が東京かと疑いたくなるような風情であった。

神社の創建は今から八百十年程前の鎌倉初期だが、境内の中程にある古代住居跡遺蹟は縄文中期のもので、出土する土器の中には一万年位前のものもあるそうなので、太古の時代から人が住んでいたことが分かる。

北側に立つ本殿から延びる参道の東には樹齢三百年程の松や銀杏《いちょう》の木があって、この木の上から東京湾が見えたと聞いたことがある。

このような直径一メートル以上の木が、私の子供の頃は十本以上あったが、今では半分くらいが姿を消した。原因は昔はまわりに高いビルが皆無でよく雷がおちたせいと、戦後は山手通りの交通量が増えて大気汚染が一時期ひどくなったせいだろう。

〈丑《うし》の刻《こく》まいり〉という古い呪いをする人の姿を見たのは、この巨木たちがすべて健在だった頃のことだ。小学校三年生くらいだったと思う。

或る夜、熟睡していた私は近くのただならぬ気配で目を覚ました。横の布団に寝ていた父の傍でその夜当直だった職員が何か小声で報告しているようだが、その声はかなり緊張していた。

父は寝巻のまま職員と共に外へ飛び出して行った。母の制止を振り切って私も父の後を追った。こういう時の私は好奇心の固《かた》まりで、どうしても自分を抑えきれなかった。

父が向かった先は、本殿のすぐ傍にある三つのお末社の前に立つ古い椎の木で、私はその前近くの玉垣のかげに身を潜めて様子を窺《うかが》った。この椎の木の根本には小さな洞《うろ》があってそこにただならぬ姿の女が立っていた。

薄暗い外燈の明りではよく見えなかったが、白い浴衣《ゆかた》姿で手には金槌のような物を持っており着物はぐっしょり濡れているようだった。何より不気味だったのは頭に着けた蠟燭《ろうそく》の光にゆらめく女の能面のような顔で、私はその後しばらくはその姿を夢に見てうなされた。

父は女を社務所に連れて行き、怪我の手当てをした。口にくわえた剃刀《かみそり》で切ったものか、顔が血だらけだったのだ。

少し落着いたところで父は女に事情を尋ねた。女は近くの氏子さんの家のお嫁さんで、お姑さんとの折合いが悪く悩み抜いた挙句、遂に〈丑の刻まいり〉を実行するに至った。

〈丑の刻まいり〉を解説しておくと、人に恨みを持つ者がその相手に対して呪いをかけて復讐するための方法で、夜中の丑の刻（午前二時頃）に神社の御神木に人の形をした藁《わら》人形を五寸釘で打ちつけて祈ることによって満願の七日目には相手が死に至るか、釘を打ったその部分が傷つくというもので、かなり古い時代から行われてきたらしい。そういう人が私の子供の頃の昭和初期にはまだいくらかは存在したのだ。

当時は俗信や迷信を信じる人がまだ多かったし、嫁と姑との力関係も圧倒的に姑のほうが優位だった。法律的にも嫁は不利だった。したがって嫁いびりも結構多かった。

父はかなりの時間をかけてお嫁さんを慰めたり説得したりして、夜明け近くに嫁ぎ先の家に送って行った。

私はその一部始終を父のうしろで聴いていた。夜中だというのに少しも眠くなかった。神社では毎月のように結婚式が行われ、奇麗な花嫁衣裳で着飾り仕合せそうなお嫁さんが、一歩間違えば彼女のように鬼のような姿で人を憎み自分を傷つけるという人間の深い悲しみに、幼いながら強く胸を打たれた。

この事件は父がその家に何度か足をはこんで、どうやら円《まる》く納まったようだったが、結局は離婚してしまったと後で知った。

実は嫁いびりは他人事ではなく、私の家でも行われていたことだった。

当時の平岩家は宮司だった祖父が引退して裏の隠居所に住んで居たが、まだ一家の長としての立場は失われていなかった。ただ祖父が板橋の町役場の収入役から神主に転じた人だったのに対し、父は近くの鳩森八幡神社の長男で神職としての修行は祖父よりもかなり積んでいたので、祖父は養子の父には一目置いていたようだ。

ところが祖母の方は葛飾の大きな瓦屋の娘で乳母日傘《おんばひがさ》で甘やかされ、嫁に行きそびれて祖父の後妻になったという人で、悪い人ではないがかなり我儘《わがまま》な性格だった。おまけに祖父は気持のやさしい人で、祖母には文句も言えず、言い成りになっていた。我が家は祖父母と両親、それに私の五人家族であったが、そのほかに住み込みのお手伝いさんが二人、書生さんと呼ばれていた神職見習いの青年が二人、それに集金や掃除など雑用をする爺やが二人と、かなりの大所帯であった。

神社には総代さんや世話人さん、父が神道無念流の有段者だったので剣道を習いにくる警察官や神職仲間など来客が多く、母の仕事は朝から晩まで多忙を極めていたが、祖母は隠居所で勝手気儘に振舞い、何か気に入らない事があるとお手伝いさんを通して父や母を部屋に呼びつけて小言《こごと》や嫌みをいったりする。

ただ祖父も祖母も私にだけは優しかった。それも度が過ぎた可愛がりようで、四季を通じて着るものや食べものにいちいち干渉した。

「お前は平岩家の大事な跡取りなんだから……」が口癖で、私はお菓子や玩具を買って貰うのは嬉しいが本当はそれ以上に迷惑な気持の方が多かったような気がする。それよりも一番嫌だったのは、私のことで父や母が祖父母に叱られることだった。

小学一年生の夏休みのことだ。父が海水浴に連れて行ってくれた。祖母は危いから止せと反対したが、それを押し切って出掛けた。年寄り達に溺愛され、娘がひ弱になるのを心配していたからである。

なにしろ運動会の徒競走でうちの祖母は、

「いいかい、ヨーイ・ドンと鳴ったら、一歩引いてから走るんだよ。そうすれば他の子に突き飛ばされたり転んだりしないからね」

当然のことながら、最愛の孫娘はビリで泣きそうだったが祖母たちは怪我をしなかったと大喜びした。

そんな状態なので、この日父は娘に大サービスをしてくれた。娘も最初は次から次と打ち寄せる浪《なみ》を怖がったが次第に慣れて、真新しい浮輪の中ではしゃぎ、父も上機嫌だった。お土産に今夜の味噌汁の具にアサリを買い、帰路にはミルク・コーヒーも飲ませてもらって、二人とも意気揚揚と帰宅したのだが、その晩夜中に私は気持が悪くなり、吐いたり下したりした上に高熱を発して苦しんだ。

真夜中ではあったが、父が近所のお医者さんを叩き起こして診察を請うた。その頃は今と違って、夜中であろうと医師は往診してくれた。診断の結果は〈疫《えき》痢《り》〉だった。

〈疫痢〉と聞いて家族は一瞬息を呑んだ。この時代、幼児がかかる病気として最も恐れられていたのが、疫痢であった。食物などに付着した赤痢菌によるもので、死亡率が高いことで知られていた。

「お宮の跡取り娘なので何んとか助けて……」

声を震わせる両親に、若い石島という医師は、

「法律では避《ひ》病院（伝染病院）へ入れるべきですが、それでは助かる可能性が低い。うちの病院で最善を尽してみましょう」

この医師は大学の医学部を卒業したあと、当時世界の医学をリードしていたドイツに留学して細菌学を学び、最近帰国して開業したばかりだった。

医師は病院の二階の病室を完全隔離して治療に当ってくださり、私は奇跡的に死の淵《ふち》から蘇えることができた。

後になって石島先生は、

「あの時、もしお宮の大切なお嬢さんに死なれてしまったら、開業したばかりの病院を畳んで逃げださなければならないと思って必死だったよ」

と述懐された。

この疫痢事件の結果、平岩家の私に対する教育方針が大きく変ることになった。

爺ちゃん婆ちゃんが孫娘を猫かわいがりに甘やかして、かえってひ弱にしてしまったという反省からもっと強く活発な子に育てなければということで、父は祖母には言わずに私に自分の得意な剣道を教えるようになり、子供用の稽古道具を揃えて、毎朝「メンメン、ドウ」と大声で竹刀《しない》を振らせるようになった。

また、わが家の女帝のように振る舞っていた祖母が、この頃何かの理由で機嫌を害して私の母に八つ当りをして、火鉢に入れようと運んできた炭火を引っ繰り返し、危うく火事になりそうになったことがあった。家中の者から非難の眼が向けられたが、当人はいつものようにふて腐れて反省の色もなかった。

こういう時、祖父は一言も妻を叱ろうとしなかった。

その一部始終を見ていた私は突然祖母の前に立ちはだかって、

「それは婆ちゃんが悪い、謝りなさい」

と言って、その場に居た人たちを驚かせた。それまでの私は大人しい好《よ》い児で、何事にも引っ込み思案だったからだ。中でも一番驚いたのは祖母で、暫く私を見詰めたまま動かなかった。

前から祖母の暴君的な態度が気に食わなかった。それが例の〈丑の刻まいり〉のお嫁さんのような悲惨な例を見たことで、〈疫痢〉の時に自覚した、自分がこの神社の跡取りで心身ともに強くなくてはいけないという思いが、急に昂《たかぶ》ってきたのかもしれない。

とにかくこの頃から、私は変ってきたような気がする。しっかりと物を見詰め、発言するようになった。

書生の光《みっ》ちゃん

私の子供の頃、昭和初期には神社には姉《ねえ》や・爺《じい》や・書生などさまざまな使用人が働いていた。名称はその後時代とともに変化して、姉やは女中さん・お手伝いさん・ヘルパーさんと変化し、爺やは居なくなり、書生は実習生となった。古い方の呼びかたは明治大正頃に使われたもので、その当時は仕立て下ろしの衣服のように魅力的であったが、次第に古びてくると新しい名前に変えたくなる。そこで登場するのが昔大奥に仕えていた女性や英語の名称を借りることだった。

東京の神社で書生が実習生に変った理由は或る事情があった。

戦争末期、東京は米軍機の空襲で半分近くが焼野原となり、終戦後も食料事情はまだ最悪で、神職を養成する神道学科のある國學院大學に入学志望の地方の学生さんは下宿や食事のことでとても困った。

そこで神社界では知恵をしぼって〈実習生〉という制度を編み出した。つまり学生は昼間は神社に奉職して神職の実務を習い、夜は大学の夜間部で学科や祭式を学ぶ。そのかわり神社側では給料の代りに食と住と授業料とお小遣い程度の現金を支給するというものだった。

この制度は学生やその親にとっても、また人手不足に悩む神社にとっても好都合で、七十数年後の今日まで続いている。

題名の〈書生の光ちゃん〉であるが、彼が代々木八幡宮にやってきたのは昭和五十六年(一九八一)頃と思うので、本来ならば実習生のはずなのに書生と呼ばれていたのは、彼が神職志望ではなく、高校を卒業して就活のために東京の叔父を頼って上京したが、叔父の家には居候を置く余裕はなく、普段から親しくしている私の父、代々木八幡宮の宮司に頼んで職が見付かるまでお宮の手伝いをすることで置いてもらうことになったからだ。

ちなみにこの叔父さんという人は神社に隣接する区民会館の管理人をしていて、父の飲み友達でもあった。

光ちゃんは高校を出たばかりで、叔父さんに連れられ学生服でやってきた。

「よろしくお願いします」

無骨で飾りけのない態度で父に挨拶する姿は、たまたま通りがかりにではあったが、私の目には好ましく見えた。

神社には神主が三人と実習生が二人居て、宮司以外は三階建ての社務所の二階に住んでいたが、光ちゃんは自分から希望して社務所から少し離れた所にあるお札所《ふだしょ》を住居にした。

其処《そこ》は秋の例大祭や暮や正月の混雑時だけに開く四、五坪の小さな建物でトイレもキッチンも無かった。

「冬は寒いわよ」

と母は心配したが、

「お願いします……」

手を合わせるので、それほど望むのであればということになった。ちょうど宿直用の蒲団も用意されていたのも彼に幸いした。

神社の朝は早い。

一年を通して朝は五時に起床し、男たちは五時半に本殿で朝の掃除と神拝行事を行い大祓詞《おおはらえのことば》を奏上して境内の掃除をする。その間に母とその姪の啓子ちゃんが朝食の用意をする。社務所を開けるのは昔から午前九時、閉めるのが午後五時と決っていた。

光ちゃんは朝の神拝行事には参加しないが、その代り戦前に爺やがやっていた社務所や境内の掃除や下働きなどをやっていた。最初は就職口が見付かるまでということだったが、いつの間にか神社に腰を落ち着けてしまった。そんな頃の或る日、参道の落葉を掃く姿を見かけ声をかけてみた。

「ご苦労さま、秋はたいへんね」

「春もたいへんだ」

「お生れはどちら」

「奄美大島」

木で鼻を括るような返事だがその後の会話も訛りのせいか、訥訥《とつとつ》とした話し方のせいか判らないが、内容はほとんど理解できなかった。

「あんた、ここのお宮の人か」

「そう……」私は次の言葉を呑み込んだ。そんな言い方はないだろう。

彼の身上調査は残念ながら中断せざるを得なかった。就職先が決まらないのも、ぽつんと離れたお札所に住みたがる理由も分るような気がした。

あとで実習生から聞いた話では、彼は普段は非常に温和《おとな》しいが、酒を飲むとまるで人が変ったように大声で歌いだすのだそうだ。その歌は決まって石原裕次郎の〈嵐を呼ぶ男〉で、その時の目は生き生きと輝き、とても楽しそうだったという。

　また或るとき別の実習生がささいな事で宮司と衝突して神社を飛び出したまま帰ってこなくなった。心配して学校に問合せると、授業には出ているという。しかし新しい住所の届けはなかった。この実習生は翌年三月には卒業して神職の資格を取り、全国的にも有名な神社に奉職することを希望していた。ところが実習神社の宮司の推薦状がないと受験することすら覚束《おぼつか》ない。もちろん宮司もそんなことを望んではおらず、一日も早く顔を見せて欲しいと願っていたのだ……。

　皆が心配している最中、外回りの仕事に出ていた光ちゃんが神社から一キロほど離れた町で、偶然実習生を発見して声をかけた。

「皆あんたのこと心配してる、一緒に帰ろ」

「嫌だ」

　彼は光ちゃんの手を振り解《ほど》いて走り去った。しかし光ちゃんはその後何度も実習生を訪ねて説得を試みた。光ちゃんはいつの間にか実習生が友達の下宿に居る

ことを突き止めていた。そして他の実習生には、

「あいつは意地っ張りで、戻りたくても戻れないんだ。このままじゃあとで一生後悔するぞ」

と、まるで自分の弟のことのように熱心に語っていたという。結局彼は説得を続け、実習生は宮司に謝罪し、一件落着となった。

この話を聞いたとき、私はあの時ほんの一瞬ではあったが、彼を疎《うと》んじたことを後悔した。

実習生が無事大学を卒業し、希望する神社への奉職も決って八幡宮を去る日の前夜、職員達は恒例の送別会を近所のレストランで開いた。

実習生が宮司さんを始め皆に感謝の言葉を述べる中で、光ちゃんが自分の短慮を諌めてくれたおかげで救われたと話すと、一斉に拍手が沸き上がった。その晩の光ちゃんの〈嵐を呼ぶ男〉の歌声は特に長く大きかったという。

私はその後仕事に追われ、神社にもあまり顔を出さなかったのだが、気がつくと光ちゃんはいつの間にか通称〈箱番《はこばん》〉と呼ばれるお札所から消えていた。

「光ちゃんはどうしたの」

母に尋ねると、

「最初は保険会社に勤めたけれど、もっと恵まれない人の役に立つ仕事がしたいといって別の会社にかわったみたいよ」

「何ていう会社」

「さあ、英語で何とか言う会社だったけど」

要領を得ないので、隣りの区民会館に勤める彼の叔父さんに聞くと、

「私もくわしいことは知らないけれど、アフリカの貧しい人たちを助ける仕事をするNPO法人（非営利組織）だったねえ。あいつの家は子供が多くて貧しかったから、もっと稼ぎのいい会社に行けばいいと思うのだがねえ」

それから何年か時が過ぎ、光ちゃんの記憶も薄れかけた頃、光ちゃんがひょっくり神社を訪ねてきた。

娘が電話で知らせてきたので、とりあえず仕事を中断して社務所に行ってみた。彼はNPOの制服なのかボーイスカウトのような格好で態度も言葉使いも見違えるようにしっかりしていた。しかも若い女性を同伴していた。

「私の奥さんです」

相変らず言葉数は少いが、訛りもほとんど気にならなかった。彼女は同じNPOの職員で、いわゆる職場結婚だったという。

色の白い丸ぽちゃで明るい感じの女性だった。落着いた動作やしゃべり方から、彼女の方が二つ三つ年上かもしれないと思った。彼が前よりも明るい感じになったのは、恐らく彼女の影響だろうと勝手に推測した。

光ちゃんは仕合せそうだった。

「此処はぼくの第二の故郷《ふるさと》だから」

その言葉通り、九月の例大祭には夫婦でお宮の手伝いに来てくれるようになった。これも彼女の進言だったような気がする。

彼等は男女二人の子供に恵まれた。光ちゃんはアフリカで井戸を掘ったり、奥さんは貧しい恵まれない人々に食料や医薬品を届けたりする仕事に誇りを持ち、更に楽しそうにやっていた。

或る年の例大祭に光ちゃん夫婦は姿を現わさなかった。

「光ちゃんたちは」

年嵩《としかさ》の職員に尋ねると、

「奥さんが自動車事故で亡くなられたみたいですよ、アフリカで」

声をひそめて言った。お祭りの最中なので周囲を憚《はば》かったのだ。私は一瞬言葉を失った。

「何でそんなことに……」

あとで判ったことだが、娘さんが現地の人と結婚してアフリカで暮していたが、妊娠して出産の手伝に奥さんは急遽《きゆうきよ》現地に赴いた。

出産は無事に済み、初孫の顔を見た喜びと強い緊張から解放された安堵感から、大好きな野生動物の観光ツアーに参加したのだが、たまたま虫の居所が悪かった象に襲われてジープが引っ繰り返され、そのはずみで打ち所が悪かったのか死亡されたのだそうだ。

インド象にくらべるとアフリカ象は体も大きく気性も荒いと聞いていたし、私がアフリカに行った時もドライバーはライオンの傍には寄っても、象にはかなりの距離をとって近付こうとしなかった。象は足もかなり速い。

多分その時のドライバーは、大きなブッシュかバオバブの巨木のせいで象の位置を見落したのだろう。不運としか言いようがない。

そのショックは光ちゃんや御家族にとっていかばかりであったろう。光ちゃんはほどほどにしていたお酒をまた飲みはじめているということだった。

その後しばらくして入ってきた情報では、光ちゃんはアフリカで奥さんの墓をたて、その石に奥さんの名前を彫っているという。不器用だが純粋な彼のことだから、愛する妻のためにはそのくらいのことはやるかもしれない。

その次に入って来た情報は更に驚くべきものだった。彼は数か月ほどかけて字を彫り続けていたが、完成したその日お墓を抱くようにして息絶えていたという。近くの住民の話では、彼は文字を刻むあいだじゅう日本語の歌を大声で歌っていたそうだ。

その話を聞いた日の夜、そっと〈箱番〉の前に立って、美しいアフリカの星空を思い浮かべながら、彼の冥福を祈った。私の耳にははっきりと彼のあの歌声が聞こえていた。

親友、あこちゃんのこと

第二次世界大戦の最中は母の故郷の福井に疎開させられていた私が終戦によって我が家へ戻って来た頃、東京は、めざましい勢いで復活していた。芸能界もその一例で、歌舞伎や新派などの演劇が華やかに幕開けすると、素人が歌舞音曲に熱中して、日本舞踊や、能、狂言などの稽古をするのが増えた。

私が「あこちゃん」と親しくなったのは近所に西川流、花柳《はなやぎ》流、尾上《おのえ》流など日本舞踊の家元級の方々が居住して華々《はなばな》しい活躍を始めていて、私もその中の一人のお師匠さんのところへ稽古に通い出して同じ弟子仲間になった故《ゆえ》で、あこちゃんとは、そこで知り合った。実はあこちゃんはK銀行の頭取のお嬢さんであったが下町娘のような気取らないざっくばらんな人柄だったので忽《たちま》ち、意気投合した。

一緒に稽古に通い、なんでも話し合える間柄になって、或る時、あこちゃんが私に訊いた。あなた、将来、日本舞踊の名取（師範）になるつもりか、もし、お師匠さんになる気ならば、それは考えたほうがいい、何故ならあなたは踊りの振り事をおぼえるのも早いが、忘れるのも早い。「手習子《てならいこ》」を習って、あっという間に手順をおぼえる。けれども、次に「子守」を習い出すと「手習子」のほうは、きれいさっぱりと忘れる。それではお師匠さんとして弟子に教えることは不可能だから止めたほうがよいと思う。

私が反論しなかったのは、彼女のいう通りであったからで、私が絶句していると、あこちゃんは人のいい顔で、あなた、他に何か、やりたいことはないの、と訊いた。仕方がないので私は本当は作家になりたいと思っていると口に出した。彼女は私のとてつもない返事に少々、途惑った様子だったが、この時は、思い当ることがないでもないので後から電話をするといって、そそくさと別れて行った。

そのまま、我が家へ帰って来ると間もなく、彼女から電話があった。明日の何時頃、日比谷にあるこれこれというビルの一階に、これこれという名前の喫茶店があるので、なるべく、きちんとした恰好で来て欲しい。万事はその時に、といって電話を切ってしまった。彼女の口調はきっぱりしすぎていて、こちらは口をはさむ余地がなかったが、どっちみち、将来は何かしなければならないことには違いなかったので、いわれた通りに翌日、出かけて行った。

喫茶店は、カウンターを中心に客席がけっこう広く、ぐるりと見廻しているとカウンターのところから手を上げて合図しているのがあこちゃんであった。カウンターを取り巻く椅子席の一つに坐って片手でおいで、おいでをしている。傍《そば》へ行って椅子席を見て驚いた。円型の椅子には背もたれも肘掛けもない。あこちゃんは上背があり脚も長いから容易に腰かけられたのであろうが、こちらは高い丸椅子の上によじのぼるといった恰好で、なんとか席につき、やれやれと思った時にあこちゃんが手を上げて呼んだのが私ではなくて、きちんと背広を着て、洒落《しやれ》たネクタイを結んでいる紳士とわかった。

やあやあとあこちゃんに近づき、あこちゃんが中腰になって挨拶をしている。どうやら、相手はM新聞にかかわり合いのある人らしい。あこちゃんが私にいった。

「あなた、動物は嫌いじゃないでしょう」

突然だったので私の返事が遅れた。

「動物って……その……犬、猿、雉子《きじ》」

「いやだ。桃太郎の鬼征伐じゃあるまいし……」

笑っているのはあこちゃんで、私のほうは狼狽して、

「ごめんなさい」

と頭を下げた。

あこちゃんが伴って来た紳士は笑わなかった。

「動物好きにもいろいろあるから……」

いいかけたのをあこちゃんが遮った。

「犬や猫なら、飼っている人は多いですけれど、実際に世話をすることになったら、けっこう手間がかかるから……動物を見たければ動物園へ行けばいいわけだし……」

「動物園では、どの動物から見て歩きますか……この節は外国から日本人には珍しい動物が輸入されたりしますが、やはり、動物は自然の中にあるもので……」

私がそう紳士に話しかけると、

「かわいそうだと思わないんですかね」

あこちゃんが慨嘆した。

「犬をつないで飼っている人の気が知れないわ」

「庭の広い家ならよいというけど、やはり限られているでしょう。猫にせよ、犬にせよ、どんなに飼主が大事にしてやっても野生動物のように、のびのびと自由に、とは行かないわ」

私はあわてて話を動物に戻す。すると、

「動物園に飼われている動物には限界があるでしょう」

そう言ってそれまで黙っていた紳士が窓のむこうの空を見上げた。

「人間が出かけて行くのですよ。但し、アフリカ等の動物保護地区は完全に守られねばならない。動物も人も、のびのびと大地の上で、大空の下で生きる。そういう土地を旅してみたいと思っています」

その人の言葉に釣られて、あこちゃんも私も、窓から見える僅かばかりの空を覗いた。都会のビルの谷間から眺められる空は、せま苦しげで、我々の他には注目する人もいない。

「東アフリカという地名を御存知ですか。大草原が広がり、さまざまの野生動物が生息しています」

あこちゃんが嬉しそうに応じた。

「動物は大好き。小学校の頃はよく動物園に遊びに行きましたけど、柵の中に入れられている動物って、なんだか、かわいそうになってしまって……」

「その通りですよ。もともと野生である動物を囲いの中に入れて飼うというのは人間の勝手で……しかし、動物の研究をする者にとっては欠くべからざる作業の一つですから……」

この時の会話は、そんな程度のものであった。それよりも私が気になったのは注文したソフトクリームで、室温でとけ出したのを急いで食べるのに熱中する余り、その紳士とあこちゃんの会話には上の空であった。

しばらくしてあこちゃんと一緒に来た紳士が、まだ仕事が残っているのでと断って一度席を立った。私達二人は丁寧にお辞儀をして見送った。

レジへ行って支払いをしようとすると女店員が、もう、あちら様がおすませですから御心配なくという返事で、女店員と話をして来たあこちゃんが少しばかり首をすくめるような恰好で私に告げた。

「あちらは父のお友達なの。戸川幸夫先生とおっしゃって有名な動物文学作家、つい先頃、直木賞を受賞された大作家ですよ」

耳許でささやかれて私は緊張した。そうした私を見てあこちゃんが軽く手を振った。

「大丈夫よ、父があなたのことをちゃんと先生にお話しておいたそうだから、先生にお訊きしたいことがあるなら、この際、なんでもあたしから申し上げてみるから」

固くなっている私に目くばせをして、あこちゃんが席に戻って来た戸川先生に素早く近づいた。彼女が丁寧に挨拶をして何やら訴えるような感じで話している恰好は、どう見ても文学志望の娘が、新進作家に弟子入りを強要しているように見える。

最初、困ったような表情であった戸川先生があこちゃんと私を等分に眺めて、それでは、書かれた作品があれば拝見しましょう。その上で何かお役に立つことがあればこちらへ連絡して然るべく配慮するというのではいけませんか、とおっしゃったとたんにあこちゃんが叫んだ。

「有難うございます。何分、よろしくお願い申します」

傍にいる私へ言った。

「よかった。先生が引き受けて下さったから、安心して、しっかり勉強してね。道は遠くても、ひたすら精進すれば、必ず目的は達せられるっていうでしょう。あなたにはその力があると私は信じて待っているから……」

戸川先生が、あっけにとられたように、あこちゃんと私を眺めて言った。

「待ちなさい」

——どっちが作家になりたい娘さんですか。

咄嗟に返事が出来ないあこちゃんと私が揃って同時にお辞儀をした。

「あ、すみません。こちらが平岩弓枝さんです」

「何分、よろしくお願い申します」

二人が顔を上げた時、すでに戸川先生は目の前には居なかった。

手喝采となって作者を称讃することになる。

十五日の新鷹会からはそれまでに九名の直木賞作家を輩出していたが、いずれもこの大喝采を受けたと聞いていた。

「甦師」の場合は、残念ながらこの喝采を享受することが出来なかった。その理由は、新鷹会の機関誌である「大衆文芸」の当時の編集長だった島源四郎《しまげんしろう》氏の依頼で、例会での朗読を省略して雑誌に掲載することになったからだ。

後になって知ったことだが、編集長は何とか次期直木賞の審査会に間に合わせるためには、そうせざるを得なかったのだそうだ。因《ちな》みにこの小説のテーマである無銘の刀に著名な刀工の銘を切って価値を高める贋作の甦師と、優れた刀剣鑑定家とのあいだで起こる腕と真実をめぐる葛藤《かっとう》と家族の絆の強さなどについては、私の父が刀剣の鑑定を趣味にしていたことから、たまたま仕入れることになった材料だった。

「甦師」は三作目の短篇だし、勉強会での評価も受けずに雑誌に載ったものだったので、作品が直木賞の候補になったことは認識していたが、受賞については全くといっていいほど期待していなかった。

新鷹会の先輩たちからも、

「一回目の候補で受賞というのは仲々むずかしい。池波《いけなみ》（正太郎《しょうたろう》）君でさえ何回も候補になっていながら、まだ取れないのだから、君も次の作品の準備をしておくといい」

とのアドバイスを受けていた。恐らく誰も私の受賞を予測する人は居なかったのではないだろうか。

落選のショックを和《やわ》らげるためか、直木賞発表の日取りを誰も教えてくれなかった。私も知ったところでどうにもならぬと思っていた。

最終選考に残ったお祝いに、長谷川先生の奥様から綺麗な蒔絵《まきえ》の櫛を頂き、先生からは、多少とも期待する気持があると後がつらいから、今回はこれでお仕舞《しまい》と笑われたので、かえって心が軽くなった。

直木賞発表の当日、私はいつものように友達のあこちゃんと連れ立って、深川にある西川流の踊りのお稽古場に居た。

私が踊りの稽古を始めたのは六歳の六月六日で、近くの藤間《ふじま》流のお師匠さんの所で、下町育ちの祖母の勧めであった。父は養子だったので私とは直接血の繋《つな》がらない祖母であったが、たった一人の孫娘をとても可愛がり、稽古にはいつも同行して目を細めていた。私も踊りが嫌いではなかったが、或る日、祖母がやはり孫の付き添いで来ていた人と孫自慢の挙句の果てに喧嘩となり、結局お稽古を止めざるをえなくなった。

次に踊りを習いだしたのは終戦後、目白の日本女子大に通いだしたころで、これも御近所で花柳流の看板を掲げる花柳寿朱蝠《じゆしゆふく》さんの門を叩いた。戦争中は〈ぜいたくは敵だ!〉とか〈欲しがりません、勝つまでは〉などの標語が巷《ちまた》に溢れ、踊りの稽古どころではなかったが、世の中が平和を取り戻し、人々の生活や気持にもゆとりが出てくると、ふたたび踊りの稽古を始めたくなった。

寿朱蝠師匠は踊りも一流だが厳しいお稽古でも評判だった。でも、私は敢えてこの方を選んだ。小学校の同級生のお母さんだったこともあるが、ご主人が鳴物で有名な梅屋金太郎《うめやきんたろう》さん、お兄さんが歌舞伎の二代目市川猿之助《いちかわえんのすけ》という名門で、日本の芸能を学ぶためには最も適した環境だと思ったからだ。

世間知らずの私は、寿朱蝠師匠の許で多くのものを学んだ。子供の頃と違って自分から積極的に踊りの上達のために努力するようになった。そのために長唄や三味線、鼓《つづみ》や太鼓《たいこ》、謡《うたい》や仕舞《しまい》にまで手をひろげてしまい、学業がおろそかになる程だった。

そのお蔭で日本の芸能界には必要な仕来《しきた》りとか気働きを身につけることになる。

私の人生にとって、大いにプラスとなった。

大学三年の終り頃からはさすがにお稽古事が続けられなくなり、一旦は中止せざるを得なくなったが、卒業後たまたま西川鯉三郎さんの踊りを観たのが切っ掛けでお稽古を始めたくなり、寿朱蝠師匠のお許しを頂いて、鯉三郎さん門下の西川鯉男《こいお》さんの教室に友人あこちゃんと一緒に通うことになったのだ。

「甃師」が直木賞受賞の報せを受けたのはこのお稽古場で踊りの稽古の真最中《まつさいちゆう》、三月に苗字内《みようじうち》（西川流の名取）の可否を決める試験に合格したばかりだったので、いつもより踊りの手順に神経が集中していたのかもしれない。

兎《と》に角《かく》、昭和三十四年七月二十一日の午後七時半頃、決定の通知を頂くまで、私の頭の中には直木賞のなの字も無かったような気がする。周囲の騒《ざわ》めきの中で、自分が何をすべきかが分らず、独り取り残されたような思いが強かった。

間もなく迎えの車が来て、文藝春秋社で行われる記者会見に臨むことになったが、その日の私の服装が子供っぽいミッキーマウスのブラウスに、持参したお稽古用の浴衣だけだったので、それではいくら何んでも具合が悪いということになり、急遽、鯉男師匠の奥様の着物をお借りして会見場へ向った。

何とも慌しい受賞当日ではあったが、今思い返すと、これも懐しい思い出である。

直木賞の歴史を調べてみると、第一回が昭和十年（一九三五）上半期川口松太郎《かわぐちまつたろう》氏から、第百六十四回令和二年（二〇二〇）下半期西條奈加《さいじょうなか》氏まで、八十六年間に百九十三人の直木賞作家が誕生したことになる。

私は第四十一回昭和三十四年（一九五九）上半期の受賞なので、四分の一ということだ。名簿を繰ってみると、私以前に受賞された方々の全員がすでに鬼籍に入っておられ、以後の方でも亡くなられた方がかなりいらっしゃるのを見ると、寂寥《せきりょう》の思いも一入《ひとしお》だが、それと同時に、右も左も分からぬ極楽とんぼの私が、この世界でその後六十年ものあいだ何とか頑張ってこられたのも、いまは亡き長谷川伸先生、戸川幸夫先生をはじめ先輩の方々の尊い教え、両親や家族の支え、数えきれないほどの方々の御支援があったればこそで、こうした人たちに出会えたことの幸運と仕合せを決して忘れてはならないと思う。

人生は儘《まま》ならぬものではあるが、当人がその気になれば、師匠はどこにでも居るし、学ぶことは多い。人は死ぬまで勉強と努力。生きるということは、新しい価値を生みだすことだ。これは晩年の長谷川先生のお言葉だ。

日暮れて道遠し。昔の人はいい事を言う。

楽あれば苦あり

日本の古い諺《ことわざ》に〈楽あれば苦あり〉ということばがある。人生には楽しいこともあるが、そのあとには苦しいことが来る場合が間間《まま》あるから、決して油断してはいけないよという教訓を含んだものだ。

大した実力もないままに直木賞という大きな賞をいただいたまでは良かったが、そのあとは苦労の連続であった。

神社の宮司《ぐうじ》の一人娘で世間知らずの者が、たった一晩で直木賞作家という肩書のもとにマスコミの取材に応じなければならない羽目となり、唯《ただ》おろおろするばかり。

最大の難関は受賞後第一作目の小説を書くことだった。受賞作の「藍師」は父から材料を貰ったうえ、親しみのある世界を書けばよかったのだが、今度は自分で材料を探さなければならない。

以前、友だちと一緒に吉原を取材して散々な目にあったので、今度はなるべく自分の身近なものをと考えた。一番手軽なのは神社界のことだが、これはあまり身近かすぎて両親に迷惑がかかりそうなので止めた。子供の頃から習っている舞踊の世界も、その内幕を描くとなればやっぱり当り障《さわ》りがある。

いろいろ考えたすえ、日本舞踊にも取り入れられ、自分でも踊ったことのある狂言の世界を書くことにした。友人の紹介で和泉《いずみ》流の十九世宗家を継がれた和泉元秀《もとひで》氏を存じ上げていたので、取材をお願いしたところ快くお受けくださった。

早速執筆に取り掛かろうとしたが、マスコミの対応に時間をとられて一向に筆が進まない。入稿の日にちは迫ってくるので焦っていると、戸川幸夫先生がいつも利用していらっしゃるホテルを勧めてくださり、いわゆる缶詰め状態で仕事を始めた。

流行作家が缶詰めになるという話は聞いたことがあったが、まさか駆け出しの自分がこのようなことになるとは夢にも思わなかった。

私は子供の頃から一人っ子で寂しがり屋で、静かすぎる環境で仕事をするのが大の苦手であった。かといって部屋をキャンセルするのは戸川先生に申し訳ないし、必死で小説「狂言宗家」を仕上げて「オール讀物」の編集部の方に期日ぎりぎりでお渡しした時は、急に強い空腹感を覚えるほど気持が楽になった。

その後テレビの脚本や雑誌や新聞の小説を何本も掛け持ちして追い詰められて、缶詰めでの執筆を提案されたことも有ったが、お断りしたのはこの時の辛い記憶が残っていたからだ。

直木賞受賞後の苦しみはまだ終わらなかった。一難去ってまた一難というのはオーバーかもしれないが、当時の私としては夜も眠れぬほど悩むことが起ってしまった。

それは「蟇師」の出版をめぐる問題だった。最初にこの本の出版を申し出てくださったのは直木賞を創設された文藝春秋で、私もそれは当然のことと思い喜んでお受けしたのだが、それに異議を唱えたのが雑誌「大衆文芸」を発行している新小説社の島源四郎社長であった。

島社長は、「蟇師」は「大衆文芸」に掲載された結果世の中に認められたのであり、その才能を発見したのは自分であるから、直木賞の授賞には感謝するが出版する権利は新小説社に有ると強く主張されて譲らなかった。私の返答次第では、新鷹会を辞めてもらうことになるかもしれない、とまで言われた。

戸川先生は、

「それは絶対に文藝春秋から出版すべきだ。君の将来のためにも、そうすべきだ」

ご自分のことのように、語気を強められた。

長谷川伸先生にも御意見を伺うと、

「これは君の身の上に生じた問題なのだから、どちらを選ぶかは君がよく考えて判断すべきだ。それが一人前の作家になるためには必要なことなのだよ」

いつもの穏やかな口調ではあったが、心持ち厳しい表情で言われた。それからすぐ表情を柔らげて、

「島が妙なことを口にしたようだが、気にすることはない。君が私を必要とするならば、いつでもやってくるがいい。来る者は拒まず、去る者は追わずだよ」

いつものような慈父のお顔に戻っていた。島さんのことを呼び捨てにされたのは、島さんの奥さんは長谷川夫人の妹さんに当られるので、お二人は義理の兄弟だからだ。そのために私が結論を出すのに苦労したともいえる。

先生の言葉をその晩じっくりと考えたすえ、翌日、文藝春秋に謝罪した上で新小説社に「鬘師」の出版をお願いすることにした。

この一件は人生の大きな節目になったような気がする。それまでは何かという

と人の蔭に隠れてなるべく自分を外に出さないように努めていた。これは私が一人っ子で甘え癖が身についてしまったせいかと思われる。

あとで知ったのだが、この時の新小説社は赤字続きで経営に行き詰まっていたため、どうしても「鏨師」を出版しなければ破産に追い込まれる状態だったらしい。

いま振り返ってみて、この時の選択はあれで良かったと思っている。逆の道を歩んでいたら印税は多く手にしていたかもしれないが、私の才能を見いだしてくれた人を見殺しにしたという後ろめたさは、いつまでも心の隅に残り続けたことだろう。

戸川先生の弟子を思う温かいお気持と、長谷川先生の人はどう生きるべきかを示されたことは、形こそ違え、深い慈愛に根差したもので、何より私が作家として成長する上で貴重な糧《かて》となったことは間違いない。

人生は良いこともあれば悪いこともある。中国の諺にも〈禍《か》福《ふく》は糾《あざな》える縄の如《ごと》し〉というのがあるが、これも幸福と不幸はより合わせた縄のように表裏一体のものだから、あまりくよくよしないことだという意味で、人生とはそういうものなのだということを教えてくれている。

「鬼平犯科帳《おにへいはんかちょう》」「剣客商売《けんかくしょうばい》」「真田太平記《さなだたいへいき》」などで知られる池波正太郎さんは、新鷹会では私より十年早い先輩だが、ある時こんな話をしてくれた。

「俺は戦争中は海軍に居て、復員後は区役所勤めなどをしてから、作家になりたくて長谷川先生に弟子入りしたんだが、何しろ栄養失調で体力は無いし、疲れやすいし、原稿を書く気力も無くなるしで、思いあまって親父《おやじ》に相談したら、ニンニクを食べてごらんというので試してみたところ効果てきめん、本当に有難かった」

ここでの親父というのは長谷川先生のことで、池波さんは御両親が早くに離婚していたので、個人的なことでも先生に相談することが多かったらしい。

村上元三・山岡荘八・戸川幸夫・山手樹一郎《やまてきいちろう》など長谷川伸門下の人たちは、内々では先生のことを親父と呼んでいた。

あれは池波さんが三十代の頃だったと思う。

私は女だし、謙虚でなければいけないと思って、先輩の人はすべて〈さん付け〉ではなく先生と呼んでいたら、池波さんがわざわざやって来て、耳もとで、「先生と呼ぶのは長谷川先生だけだ。あとは〈さん〉でいいんだ」

と囁《ささや》いた。そのあとで、

「俺には先生を付けても構わないけどな」

と付け加えたのが可笑しかった。

そんなわけで、肉親である両親は別として、血のつながりは無いが、長谷川先生や戸川先生は私にとって心を育《はぐ》んでくださる父と兄のような存在であった。それは私だけではなく、門下の人のほとんどが一つの家族のような気持で接していたが、こうした組織は今ではほとんど見られなくなったのではないだろうか。

最近では個人情報の保護だとか何ごとも契約第一だとか、細かすぎる法規制だとかが多すぎて、人と人との血の通った接しかたが希薄になってきたような気がする。昔は無かったような詐欺事件や凶悪犯罪、あるいはいじめ、子供の虐待、引き籠もりなどを減らすための対策はもちろん大切だと思うが、それと同時に人々がお互いに温かい血の通った交流のできる場を増やし、それに多くの人が参加するようにすることも大切なのではないか。

時代が進むごとに便利で快適な生活ができるのはいいが、人が他人を思いやる心が乏しくなりつつある。人間の持つ心のプラスの面をもう一度自覚して育てていかないかぎり、いくら法律や規制を強めても充分な効果は得られないと思う。

私の場合は、苦況から速やかに脱出できたのは師の導きと、心の兄たちの温かい情によってだったと思っている。

そして、その師は恩は着るもので、返すものではないと言われた。その意味は、人から受けた恩というものは、返せばそれで済むというものではなく、同じことを他の人にも為《し》てあげることで、こういう気持でみんなが恩返しをしてくれれば、世の中はもっと住みよくなるのではないだろうか、いやそうしなければいけないはずだ。

損得勘定だけでは世の中の歯車はうまく回らない。温かい人情という潤滑油がなければ。

天皇の松

昭和三十四年（一九五九）に直木賞を頂いて作家の道を歩みはじめた。間もなく結婚、出産と続き、作品の数も小説・脚本ともに然程《さほど》多くなかった。いわゆる駆け出しの頃だ。

或る日「電話よ」と母に呼ばれて受話器を取ると、予想した出版社でもテレビ局でもなく、宮内庁《くないちょう》の侍従《じじゅう》さんだったので一瞬緊張した。

「お上《かみ》が、あなたにお尋ねしたい事がお有りだそうでございますので、是非ご都合の程をお聞かせ頂きたく……」

侍従さんがお上といえば天皇陛下のことだ、と思ったとたん動悸《どうき》がとまらなくなった。

子供の頃、少なくとも十三歳の昭和二十一年一月一日に天皇ご自身が発せられた〈天皇の人間宣言〉までは、私たちは天皇陛下は神様だと信じて疑わなかった。

映画館で上映されるニュース映画でのお姿は白馬に跨《またが》る凜々《りり》しくも神々《こうごう》しいものであったし、全国の学校には奉安殿《ほうあんでん》という天皇・皇后の御真影と教育勅語を納めた建物があって、毎日の登下校の際には神社と同様に拝礼する決りになっていた。

皇居前の日比谷通りには、昔といっても昭和三、四十年頃までは都電が走っていて、戦前は二重橋が見える所へ電車が差し掛かると乗客たちは一斉に立上り、皇居へ向って敬礼したものだ。

今でこそ両陛下は国民にとって身近かなご存在であり、災害の折などには親しくお声をかけていただけるが、戦前は一部の特別な人は別として、我々庶民にとっては、まったく雲上にいらっしゃる方という印象であった。

終戦の日の玉音放送で、初めて昭和天皇のお声に接したが、その時の不思議な感動を今でも思い出す。お言葉の意味は良く分らないくせに、世の中が大きく変って行く際に感じる心と体の震えのようなものを……。

〈三つ子の魂百までも〉という諺があるが、すでにその時三十歳を越えていたはずの私はまるで深い谷間に懸けられた吊橋を渡るような気持で宮中に参内した。

御所は新宮殿の御造営中で、案内されたのは古びた鉄筋の建物だった。お廊下に敷かれた赤い絨毯《じゅうたん》の所々に補修の跡が見えた。これは私には全くの想定外のことだった。

私の歩調の変化に気付かれたらしく、ご案内くださっていた入江相政《いりえすけまさ》侍従次長が、

「なにしろ戦前からのもので、皆さんとご苦労を共になされたいとのことでしたので……」

と言い分けめいた口調で仰った。

通されたお部屋も、それと似たような質素なものであった。

「お上には私からお取次ぎ致しますので、どうか楽なお気持でお話し下さい」

陛下がお見えになるまで入江さんは、私の肩を解《ほぐ》すように優しく声をかけて下さった。

が、陛下がお姿をお見せになった途端、私は、びっくり箱から飛び出した人形のように椅子からはね上り、最敬礼をした。

「どうぞ、お直り下さい」

入江さんの声で、我にかえった。

陛下（昭和天皇）はグレーの背広に地味な色のネクタイをお召しで、思ったよりも柔和な目をされていたので、内心ほっとした。

「実は今日此処《ここ》に平岩さんにお見え頂きましたのは、お上の御学友の方があなたのお書きになった『旅路』というドラマの中に出ていらっしゃるので、是非そのことでお話をうかがいたいとのことでしたので……」

陛下のお気持を前もって承っていらっしゃった入江さんから切り出された。

入江さんの言われた「旅路」はその年の四月からＮＨＫで放送が始まった、朝の連続テレビ小説の題名で、舞台は〈国鉄〉、今の〈ＪＲ〉で、主人公は鉄道員夫婦の物語である。私としてはＴＢＳの「女と味噌汁」の次に脚本を引き受けたテレビドラマで、有名な「おしん」に次ぐ高視聴率を現在もなお維持している作品だ。

陛下が毎朝テレビドラマを御覧になっているとは、夢にも思わなかったので、本当にびっくりした。

ドラマの中の御学友の話というのは、国鉄側から提供された沢山の資料の中にあったもので、広島に原爆が投下された直後に国鉄の幹部の方が広島へ、僅かに戦火を免れた機関車で視察に向われたのだが、罐《かま》焚きの人は食糧難による栄養不足でへばってしまい、途中から御学友だった方が交替されたが、それも燃料の石炭が無くなって視察を断念されたことを描いたもので、作者としては敗戦直前の日本の国の窮状を訴えたかったのだ。

そんな話を縷々《るる》ご説明申し上げると、陛下は頷きながら、熱心にお聴き下さった。

朝のテレビドラマを御覧になっていらっしゃることも意外だったが、私の話に真摯《しんし》に対応してくださるそのお姿に深く感動した。

皇室は変られたと思った。いや元々そうであったが、私たちが知らなかっただけかもしれないなどと、心の中で短い感慨にふけっていたら、

「松は健在かね？」

陛下のお口から意外な言葉が洩れたので、「はァ、松でございますか」仰る意味が分らず、慌てた。

「ああ、それはね」

入江さんが、すかさず口を挟まれた。

「お上は戦前、代々木の練兵場で行われた観兵式に御出座になられた際に、ご自分のお立ち位置を確認されるのに、そちらの神社の松の木を目標にされておられ

たのですよ。その松の事を私も何度かお聞きしております」

「あ、あの松は……」

代々木八幡宮の境内《けいだい》には、樹齢三百年といわれる松が三本亭々《ていてい》と茂っていたが、最も高くて先端が二股になっていた松が参道の東側、お水屋の近くに立っていた。私が口籠ったのは、戦後、その松に雷が落ちて枯れてしまったからだ。松が枯れたことが、なんだか自分の責任のような気がしてきて悲しくなり、俯《うつむ》いていると、

「どうしました？」

入江さんが返事を促した。

「実は残念ながら落雷で枯れてしまいまして……」

「そうか、枯れたのか」

陛下のお声は、とても残念そうで、

「申し訳ございません」

思わず頭を下げてしまった。

「いや、あなたの所為《せい》ではありません」

ふたたび、入江さんが助け船を出してくださったのではっとした。

来る時は足取りの重かった私だが、帰りはお土産に〈恩賜の煙草とお菓子〉を頂いて、いまにも駈け出しそうな気分で宮中を後にした。

生きるということ

私たち夫婦の共通の恩師長谷川伸先生が亡くなられたのが昭和三十八年（一九六三）六月十一日。早いものであれから既に五十八年の歳月が流れた。次の年が前回の東京オリンピックだったので憶えやすい。

当時、長谷川邸では毎年一月二日を年賀の日としていて、この年も私たち夫婦は午後から港区白金台のお宅へ赴いた。通りに面した十数段の石段を登り、立派な両開きの門をくぐって玄関の戸をあけると、いつもなら客の履物で溢《あふ》れている筈の沓《くつ》脱ぎのあたりが妙に寂しい。不審に思いながら案内を乞うと、七保夫人が出てこられて、

「旦那《だん》さまは暮れから風邪をひいてしまって……」

御挨拶が出来ないので申し訳ないがということで、いつものようにお酒と弁当と豆絞りの手拭いをいただいて帰った。症状は軽いということなので安心してい

ると、それから三週間ほどたった日の夕方、七保夫人から電話があった。

「旦那さまを至急〈聖路加病院〉へ入院させたいので連絡してもらえないかしら」

夫人の声はかなり切迫している。とりあえず病院に電話をして入院の許可を取り、主人の伊東と一緒にタクシーで長谷川邸に駈けつけた。

長谷川先生は奥の座敷に寝ていらっしゃった。枕許には夫人と主治医の方が座っていたが、いずれも表情は固い。先生の病状は既に町医者の手には負えない段階まで進んでいた。

夫人が〈聖路加病院〉を選択したのは、数年前に先生がやはり風邪をこじらせて肺炎となり、聖路加病院で一命をとりとめたことがあったからで、大勢の門弟の中から私を選んで電話をされたのは、私が二年ほど前にこの病院で長女を出産したことを思い出されたからであった。

医師の助言もあり、乗物は高輪消防署に電話して救急車を手配してもらった。先生を担架で運びこみ、奥様と私たち夫婦が同乗して行先を告げると、築地は管轄外だから行けないと言う。

融通のきかない御役所仕事に腹が立ったが喧嘩をしても始まらない。気持を落ち着かせて、病状が一刻を争う状況なのと、以前この病院の治療で蘇生したことなどを必死の思いで説明すると、ようやく向こうも折れてくれて、上司や病院の承認を取り出発してくれたが、そんなこんなで病院に着いたのは午後九時を過ぎた頃だった。

医師も看護婦も非常に手際よく働いてくださり、あっという間に腕には点滴の針が差し込まれ、上半身はすっぽりと酸素テントで覆われて、その中に呼吸を助けるために高さが人の首くらいまである大きなボンベが運びこまれそこから酸素が供給された。

「今夜が峠です」

此処でも医師からそう告げられた。

奥様は勿論だが私たちもその晩は病室に泊ることにした。幼い娘のことは実家の母に頼んできた。

伊東は病院側より酸素ボンベから患者のテントに送りこまれる酸素の量が一定に保たれるようメーターの看視を仰せつかり、生真面目な性格そのままに一晩中ボンベの横に立ち尽した。私は奥様の下働き兼お話し相手として寄り添うことにし、奥様もそれを望まれた。

こんな状況が三日間ほど続き、病院側でも私たちのために近くの病室を提供してくださった。此処は完全看護を立前としていたのでこれは異例の措置であった。また、先生の病室のドアには〈面会謝絶〉の掲示が出され、すべての見舞客の入室が禁止された。ご家族は別として、私たちは自由に出入りすることを許可された。

四日目からは先生の御容体が次第に落ち着かれてきたので、私たちは家から交代で病院に通うことにした。

お見舞の方は二階のロビーまでという決りで、受付から連絡が入ると私たちのどちらかがロビーに出向いて御病状を説明し、場合によっては奥様が直接行かれる時のサポート役を務めた。

その外にも毎月先生のお宅で催される〈新鷹会〉〈二十六日会〉そのほか不定期の〈十日会〉〈新人会〉などの勉強会の門下生等も大勢いたが、彼等は病院へのお見舞は遠慮して近くの宿屋の一室を借り切り、村上元三、山岡荘八、戸川幸夫氏らの高弟をはじめ多くの人々が交替で泊り込み、朝夕の先生の容体に一喜一憂されていた。

先生の御病気は風邪をこじらせた肺炎ではあったが、実はもう一つ大きな病気を抱えていらっしゃった。煙草の吸いすぎが原因といわれる〈肺気腫〉である。肺は肺胞といわれる小さな風船のような物が集ってできているが、空気を吸いこむと酸素が肺胞を囲む血管に取りこまれて全身に循環する。ところがこの病気になると肺胞が空気の抜けた風船のように弾力を失い、酸素が血液に取りこまれ難くなるため病状も一進一退の日々が続いた。

入院して三週間ほどたった頃、奥様と私たちは内科部長のN先生に呼ばれてロビーに行った。

「肺の白い影が、到頭反対側にも拡がってきました……」

X線写真を翳《かざ》しながら解説された。

「これが下の方までくると非常に危険です。もちろん私たちも全力を尽しますが……」

ずっと小康状態を保っていたのに、このところまた熱が高くなってきたのはその所為《せい》だったのか。あんなに病院を信頼していたのに……。

N先生を見送ったあと、奥様と私たちは急いで病室へ戻った。

先生はお風呂あがりの時のように荒い呼吸をされていたが、よく眠っていらっしゃるようであった。

長谷川先生の担当医は二人居らっしゃって、一人ははっそり型で知的な顔立ち、もう一人はずんぐり型で髭《ひげ》の濃いやさしい目をした方だった。私はこの二人にそれぞれシェパード先生、熊さん先生と渾名《あだな》を付けた。

私の学校は幼稚園から大学までの一貫教育の女子校で、友だちは勿論、先生にまで渾名を付けて喜んでいたから、思わずその癖が出たのかもしれない。ちなみに私の渾名は〈グリ〉で、何かにつけて驚いたり、興味深く目をグリグリさせるからだった。

熊さん先生は肺炎が悪化する前も後も頻繁に病室に顔を出されて、長谷川先生と先生の小説や芝居の話をされたり私たちにも労《ねぎら》いの言葉をかけてくださった。熊さん先生が見えると病室の空気がやわらぐような気がした。

シェパード先生は患者の体の隅々まで診察してその結果を伝えてくださり、質問にも丁寧に答えてくださるので、とても有難かった。

内科部長N先生が危惧されたことがその日の夕方頃には現実となり、二月十九日の五時頃、あたりはすでに暗くなりはじめていたが、N先生から、

「もしお呼びになりたい方があったら、連絡をなさってください」

と奥様に低い声で伝えられた。

先生の御病状が悪化したことは午前中に病状を聞きにきた連絡当番の人に話しておいたので、二階の広いロビーは長谷川家の関係者で溢れていた。

看護婦さんが末期《まつご》の水を用意してくれたので、私は皆さんを病室に案内した。一人ずつ一本の割箸の先に付けた脱脂綿を茶碗の水に浸し、意識の無い先生の唇を濡らした。終ると両手を合わせて口々に「有難うございました」とか「お世話になりました」などと呟き一礼して去って行く。

長い列の中には著名な役者や作家、芸人の顔も見えたが、皆深い悲しみに沈んでいた。

人々が立ち去り、病室がふたたび元の静けさを取り戻すと、それを待っていたかのようにシェパード先生が現れた。ベッドの傍《かたわら》でじっと患者を眺めていたが、

「私はまだ、それほど悪いとは思いません」

そう言い残して部屋を出て行った。

私たち三人は呆気《あっけ》にとられて見送ったが、やがてその言葉の意味が分った。先生はそれから間もなく奇跡的に甦えったのだ。

患者の様子を見にきた看護婦がシーツが濡れていることに気がつき、調べてみ

ると先生は昏睡状態の中で大量の失禁をされたらしい。しかしそのことが好結果につながり、病状がみるみる好転していったのだった。

私たち夫婦はロビーに戻ったお客さま達の所へ行っていたので、残念ながらその時の様子は見ていない。あらためてシェパード先生の言葉を思い出し、彼の医師としての能力の素晴しさに驚いた。

その後、二度ほど私たちを不安にさせる病状もあったが徐々に安定し、車椅子で五階の植物園の花々を観賞されるまでに回復された。

院長補佐ののちに有名となる日野原（重明）先生は御回診のたびに、

「良くなりましたね、〈小便小僧〉をしっかり捕まえていてくださいよ」

と私たちを笑わせた。

熊さん先生は一日に何度も来てくださって、細かい気くばりをしてくださる。

シェパード先生は回数は少ないが、血圧の変化に一喜一憂する私たちに、

「私の経験では、血圧は上が百二十から百六十くらいの人が一番長生きをしています。そんなに心配することはありませんよ」

と血圧百二十台にこだわりすぎる気持をほぐしてくださった。

やがて酸素テントも外され、看護婦さんに髭などを剃ってもらうと、ようやく

奥様にも笑顔が戻ってきた。先生も日中はほとんどベッドの背を持ち上げて過ごされるようになった。そんな或る日、突然先生がベッドの上で大声をあげて悶《もだ》え苦しみだしたので、奥様は震える手でナースコールのボタンを押した。

「長谷川さん、どうしました」

駈けつけた看護婦の問いに対する先生の答えは、夢の中で自分はライオンで、マサイ族の集団に捕えられ木に縛りつけられたので、なんとか噛み切ろうとして声を上げてしまったとのことで一同ほっとした。

私は先生が獅子のような強い気持で病気と闘っていらっしゃるのだと思った。

「ライオンですか、凄いなあ」

夕方の回診の時、熊さん先生は嬉しそうに笑った。

勝れた医師や看護婦さんたちのお蔭で、入院からほぼ百日後の五月六日、無事退院することができた。

長期の入院のためさすがに足が弱られて車椅子を利用され、車を降りてから門までの十数段の石段は伊東が背負い、玄関の上り框《がまち》からベッドの置かれた奥座敷に通ずる長い廊下は、伊東ともう一人若手の門下生が引っ張ってお運びした。

その時先生は高く上げた両手をひらひらさせて踊るように、

「やれ引け、それ引け……」

と音頭をとられた。

よほど嬉しかったに違いない。そのお姿が私には鬼ヶ島から凱旋《がいせん》した時の桃太郎のように見えて仕方がなかった。

数日後、二本榎のお宅にお見舞にうかがうと、先生はベッドで頻《しき》りに右手の指を揉《も》んでいらっしゃった。

「指をどうかなさったのですか」

とお尋ねすると、

「生きるということはね、この世に新しい価値を産みだして行くということなんだ。私は作家だから、生きているかぎりは良い作品を書かねばならない。だからこうして……」

病気で力が抜けてしまった指の回復のために努力されていたのだ。

ベッドの脇の小机に数冊の本が積んであるのを見つけたのでお聞きすると、

「次に書こうと思っている史料だよ」

北海道で一番先にできた刑務所が樺戸《かばと》監獄《かんごく》といって重い罪を犯した者が収容されていた。明治の初期に政府が北海道の開拓に力を入れるようになり、原野や山や丘を切り開いたが道路や川や橋の造成や整備をするには近代的な機器もなく、冬の極寒は想像以上のもので、工事は難航を極めた。

そこで政府が思いついたのが受刑者たちを工事に投入することであり、この計画は大きな成果を挙げたが犠牲者の数も多かった。北海道はその後発展して今日に及んでいるが、その発展のもとになった受刑者たちのことを今では語る者は少ない。

長谷川先生はこの罪を犯した名もなき者たちの功績を世の人々に伝えたかったに違いない。

先生はこれに類する本で「荒木又右衛門《あらきまたえもん》」「相楽総三《さがらそうぞう》とその同志《どうし》」「日本捕虜志《にほんほりよし》」「印度洋《いんどよう》の常陸丸《ひたちまる》」など多くの本を書いていらっしゃる。いずれもいわれのない悪名を着せられて死んだ者とか、歴史の誤りを正す意企で書かれたものなどで、一世を風靡《ふうび》した〈股旅物〉も長谷川先生の書かれたものは〈やくざ〉の世界をただ単に讃美したのではなく、世の中の屑のようなアウトロー（無法者）の中にも時として尊い〈真心〉が姿をあらわすという人間の素晴しさ美しさを描いたものである。それは親鸞の「善人なおもて往生を遂ぐ、いわんや悪人をや」の思想にも通じるものだ。

こんなに生きることや仕事に意欲を持っていらっしゃった先生の最期は、ほんとうに呆気ないものだった。退院後御自宅で順調に体力の回復に努めていらっしゃったが、梅雨《つゆ》の初めに風邪をひかれたので大事をとって今度は早目に入院された。前回の轍を踏まぬためである。

私がお見舞にうかがった時もベッドに起き上り、お好きなボクシングの試合を観ていらっしゃった。会話も通常と変りなく、御退院も間近かと思ったほどであった。

それから一週間とたたぬ六月十一日の午前中のこと、病院から七保夫人の電話があった。

「旦那さまの様子が変なの、すぐ来てくれないかしら……」

たまたま手の空いていた伊東が先に駆けつけることにした。

私は少し遅れてタクシーで病院に向かった。病室には奥様も伊東の姿もなく、先生が静かに眠っていらっしゃった。折角おやすみになっていらっしゃるのをお起ししてはと、足音を忍ばせて外に出た。二人を探しにロビーへ向かった。

その途中、階段のところで伊東に出会った。

「先生、よく眠っていらっしゃったわ」

といいうと、

「バカ、先生は亡くなったんだ」

私は息がとまるほど驚いた。

伊東の話では、彼が病室に近づくとそこは大勢の看護婦さんや医師たちで一杯だったという。中から奥様が出てこられて、

「伊東ちゃん、早く先生の傍へ行ってあげて……」

見るとベッドの上に若い医師が馬のりになり先生の心臓マッサージをする姿が飛び込んできた。傍の心電計から細長い紙の心電図が流れ出し、その量がかなりの長さになっていたそうだ。長時間こうした治療が行われていたらしい。

やがて心電図の波形が消えて一本の線へと変った。するとそれまで忙《せわ》しく動き回っていた看護婦たちの姿が波が引くように消え、内科部長のN先生が奥様に、

「御臨終です」

と頭を下げられた。

「有難うございました」

奥様も丁重にお礼を返された。

伊東がこれから御遺体の処置を看護婦さんがしてくれるから、ロビーへ行って

いようというので歩いていると、途中で熊さん先生に出会った。私たちがお世話になったお礼を述べると、

「残念です、本当に残念です」

目に涙を浮かべていらっしゃった。

ロビーに行くとたまたまシェパード先生がいらっしゃったのでお礼を申し上げると、しばらく言葉を探して、ぽつりと、

「天命です……」

と呟かれた。

先生の御遺体は病院側の希望で奥様の承認を頂いて病理解剖が行われた。

その時立会われた直木賞作家で私たちの結婚の仲人をつとめてくださった戸川幸夫先生の報告によると、長谷川先生の内臓はいたる処で癒着や老化が進んでおり、これまで生きていたのが不思議なほどの状態であった。

正に悔いのない見事な人生であったと思う。

犬も歩けば棒に当る

〈犬も歩けば棒に当る〉は江戸時代に作られた「いろはカルタ」の冒頭の句である。私の子どもの頃はお正月になるとこのカルタや絵双六《えすごろく》などで遊ぶのが楽しみだった。腕相撲や指相撲では勝目はないが、双六ならば結構おとなに勝てるのも嬉しかった。

正直なところ、私にはこの句の意味はよく解らなかった。失明している犬だったらそういうことも有るかもしれないが、普通の犬だったら有り得ないことだ。女学校に通うようになって初めて辞書をひくようになり、やっとその意味がわかった。

「物事を行う者は、時に禍《わざわ》いにあう。また、やってみると思わぬ幸いにあうことのたとえ」とある。つまり敏捷な犬でさえ時には棒にぶつかることもあるのだから、まして人間においてをや。人生は常に思わぬ禍いや幸運に出合うものだから、常に注意を怠らずに歩むべきだという教訓が込められているらしい。

五十年ほど前に私たち夫婦は作家の阿川弘之《あがわひろゆき》先生御夫妻に誘われて、船で横浜からニューヨークまでの旅をしたことがあった。「SSロッテルダム」という船名で船籍はオランダだが所有しているのはアメリカの会社である。

乗客はほとんどがアメリカ人、それにヨーロッパの人が少し乗っていたようだ。日本人は私たちを入れて十人そこそこであった。乗組員はアメリカ人と東南アジア系の人々で五百人程度。乗客数も五百人くらいと聞いたので約千人を乗せてニューヨークを出てニューヨークに戻る世界一周観光を目的とする三万トンくらいのいわゆる豪華客船だ。

阿川先生は後に文化勲章を受章されたが、当時は五十代で既に日本を代表する作家のお一人で太平洋戦争中は学徒出陣で海軍に召集されていたせいか、船旅がお好きだった。

私も前から一度船に乗ってみたかったのと、この船が南米のパナマ運河を通るというのに興味をそそられた。私たち夫婦は小学校の国語の教科書にパナマ運河のことが載っていたのと、特に巨大な船が水位の高低差を克服するために設けられたという〈閘門《こうもん》〉の動きを子供の頃から、観てみたかったからだ。

ちなみに〈閙門〉などというむずかしい漢字がルビなしで載っていたような気がする。今では大人でもこの字の意味を知る人は少ないのではないだろうか。

昭和一桁《ひとけた》生れの私が新聞や雑誌にしばしば登場するキャパシティーとかコラボレーションなどという仮名文字に戸惑うように、はたして今の人たちの何パーセントが江戸いろはカルタの〈亭主の好きな赤烏帽子《えぼし》〉の意味を理解していらっしゃるだろうか。

烏帽子というのは昔は貴族や武士などが元服《げんぷく》したときなどに略装としてかぶるもので、烏《からす》という字がついているように色は黒ときまっている。後に庶民のあいだでも用いるようになったようだが、今では神社の神職が略装として着用している。

もしお宮参りや七五三などで神主さんが赤い烏帽子を着《つ》けていたらびっくりするように、江戸時代でもこれは異様な姿だったに違いない。ただ当時の家族制度のもとでは、一家の主人が好むものは、たとえ人に笑われるようなことでも、家族はこれに従うのが当り前だったからで、時の流れとともに言葉や価値観というものが大きく変って行くということがこの句を見てもよく分る。

こうした時代の変化を痛切に感じたのも此の船旅であったし、それから解放されたのも横浜からニューヨークまでの三週間の体験であったと思う。

海外旅行は一ドルが三百六十円の頃から行っていて多少の自信はあったし、旅は船旅が最高だとは聞いていたのでこの旅を大いに期待していたのだが、最初に躓《つまず》いたのが避難訓練であった。

前もって知らされてはいたのだが、指定されたキャビンに入りスーツケースを開けて整理をしていると、突然警報が鳴って、救命具をつけて至急甲板に集合しろという英語のアナウンスがあった。慌てて救命具を探したが見付からない。時間はどんどん過ぎて行く。

とにかく集合場所に駈けつけようと二人で部屋を飛び出したのはいいが、今度は甲板に出るドアが分らない。階段を登ったり降りたりしてようやく集合場所にたどり着いたときは既に遅く、避難訓練は終了したあとであった。

出航のときはバンドの演奏や大勢の見送りの人たちに紙テープを投げて別れを惜しんだり、シャンパンのサービスや四、五階ほどのビルの高さの甲板から見る大きな富士山の素晴しさに思わず息を呑んだりして御機嫌だったが、避難訓練の失敗によって急に船旅のこれからが不安になってきた。

案ずるより産むが易し。その晩の夕食は今でも記憶に残るほど素晴しいものだった。まず最初に出てきたのが大皿に盛られたキャビアである。高価な食材と聞いていたが食べるのは初めてだったので、二人で思わず目を見合せた。

ちなみにオードブルなどは他の料理と共に船賃の中に含まれているから値段は余り気にならないし、酒類は別料金だが船では税金がかからないので、高級ワインもとにかく安く飲める。

一流レストラン以上の料理とワインに満足して、いい気分で眠りについた。

それからどのくらい時間がたったのだろう。大きな揺れを感じて目が覚めた。出航するまでは気付かなかったが、かなり強い異臭もする。隣りのベッドの亭主に声をかけると、

「なんだろう、これは」

伊東も眠れずにいたらしい。

「船が相模灘に出たんじゃないかしら、外海《そとうみ》はかなり揺れると聞いたことがあるわ」

「変な臭いがするな」

「重油を燃やす臭いだわ」

これではニューヨークまでの三週間は到底無理だ。部屋を変えてもらうのが一

番だが、残念ながら二人とも英語は苦手で、面倒な交渉に自信がない。意を決して阿川先生に電話で窮状を訴えた。すると多分ベッドに入っていらっしゃったと思うのだが、「それは大変だ。すぐ船側と交渉してみるから委《まか》せなさい」と親切に言ってくださったのでほっとした。

暫くすると、「別の部屋に変えてくれそうだから、荷物をまとめて待っていなさい」と電話で伝えてくださった。〈地獄で仏〉という言葉の意味を実感し、本当に有難かった。阿川弘之先生は確か私たちより一回りくらい年嵩であったが、戦後アメリカのロックフェラー財団の留学生に選抜され一年間ほど御夫妻でアメリカに留学されていたせいか英語はかなりお上手だった。

間もなく東南アジア系のクルーが二人やってきて、荷物を上の階の部屋まで運んでくれた。新しい部屋は広さや調度類は前と変わらなかったが、何より嬉しかったのはとにかく静かで鼻を突くような臭いもなかった。

あとで阿川先生から聞いた話では、前の部屋は船の機関室の真上に位置していたそうで、そういえば大きくはないが地鳴りのような音が足許から響いていたようだ。

更にほっとしたのは、一階上の部屋に変えてもらったのに、料金はそのままだったことだ。あらためて感謝の言葉をのべる私たちに、

「友人が困っている時に手を貸すのは当り前のことですよ」

と笑っていらっしゃる。適当な言葉が見つからず「はっあー」と無言で頭を下げた。

船は相変らず揺れていて廊下を歩くにも蹌踉《よろめ》く始末だったが、気持はずっと明るくなった。

船内すべての廊下や階段に手摺りが付いていたり、テーブルにはかならず滑り止めの縁がある理由も分った。乗船の時に聞いた説明では、この船には二つの巨大なジャイロスタビライザーという独楽《こま》の原理を用いた揺れ防止装置が設置されているとのことだったが、三万トン程度の船をも翻弄《ほんろう》するような波の激しさに驚いた。

船のフロントには無料の船酔いの薬が山のように置いてあり、阿川先生から、

「ベッドに寝ていると船酔いは軽くなるけれど、逆に起きられなくなってしまうから、なるべく廊下や甲板を歩くようにしないと駄目だよ」

とアドバイスを受け、その通りにしたら日ましに船酔いが軽くなった。

最上階のスイートルームに宿泊された母娘《おやこ》の方達のディナーテーブルが私たちの前にあったが、彼女たちは目的地のハワイに着くまで一度も食堂に現れなかった。テーブルスチュワード（給仕人）に様子を尋ねてみると、

「御嬢さんの船酔いがひどくて、お食事はすべてルームサービスを利用されていらっしゃいます」

とのことだった。最高の料理のことを思うと、このお二人の不幸は他人事ではないような気がして胸が痛んだ。

船には食事以外にもさまざまな楽しみ方があり、毎朝スケジュール表がドアの下に配達されてくる。

早朝のヨガやミサを始めダンスやフランス語・油絵・次の寄港地のレクチャーや手芸などの教室。甲板では射撃・ゴルフの練習や、シャッフルボード（カーリングに似て四人一組で二手に分かれ、中央の得点エリアに円盤を先が二股の棒で押し込み、得点を競うゲーム）など。そのほかにもプールや劇場、カードゲームのブリッジ専用の大きな部屋があり、此処は朝から夕方頃まで満員の盛況だった。

これらは全部無料であるが、寄港地ごとに観光のツアーが組まれていて、船内にある旅行社に頼めばこれは有料でバスやタクシーやガイドの手配をしてくれるから、旅客機での旅にくらべればはるかに足の遅い船旅ではあるが、それとは比べるべくもない楽しみがあった。

船酔いがおさまりようやく船内の様子にも慣れてきた頃、ドアの下に差し込まれたその日のスケジュール表に恒例の仮装大会への参加者募集の広告が載った。

午後のティータイムに集った日本人の間でも話題になり、

「前から一度やってみたいと思っていたけれど、今回は偉い作家先生がいらっしゃるのだからお智恵を拝借して……」

という人が何人かいたものだから、阿川先生も無下に断るわけにもいかず、

「それじゃ平岩さん、あなたはテレビや芝居もやっていらっしゃるのだから、何か良いアイデアを考えてみてあげてくださいよ」

ということでお鉢が私に廻ってきてしまった。阿川先生には部屋のほかにも何かとお世話になっているので、お断りすることはできない。

キャビンに戻って頭を抱えていると、傍から伊東が、「結婚式でもやってみたら……」と言う。

（そうだ、結婚式なら彼は本職だし、私も父親の手伝いで何度も巫女《みこ》さん役をやったことがある……）

翌日、お茶の時間で皆んなに提案すると、一も二もなく賛成してくれた。しかも阿川さんはかなり乗り気になられて、

「花嫁はアメリカ人がいい、そのほうがお客に受ける。私が頼んで連れてくるから花婿は私にやらせてくれんかね」

勿論反対する者は無く、その場で役割のすべてが決まった。

仮装に必要な材料は船側が食堂に隣接する小ホールに用意してくれたので見に行くと、数は少ないが舞台衣装らしい物や大きめの色紙《いろがみ》やリボン・紐・粘着テープなどがあった。

あまり使えそうな物は無かったが、巫女さんの緋の袴や白衣などを持参してこなかったので、止むなく大きめの赤いスカートを借りることにし、神主の烏帽子になるような物が見当らないためこれも黒い紙と粘着テープで作ることにした。また祓具《はらえぐ》の一種である〈切麻《きりぬさ》〉の材料となる白い紙を何枚か追加した。本当はお米と麻も欲しかったが、単なるゲームのためにお米を使用すべきではないと伊東が主張するのでやめた。

いよいよ仮装大会の当日、会場は船の劇場で行われた。普段は映画やショーなどが行われる場所である。客席は五百人くらいは収容できそうな立派なものだ。出演するまで時間があるので、出番がくるまで私たちは後方の席で見物することにした。

ベネツィアのサンマルコ広場における仮面祭りや、アメリカ映画の〈オズの魔法使い〉に登場するブリキの木こり・気の弱いライオン・踊るかかしなどの仮装は明らかに乗船前から個別に準備してきたものだった。インドネシアの〈農民踊り〉の衣装は、寄港地で現地調達したもので、踊りは前もって練習を重ねているなど、仮装大会馴れしているグループと比べると、私たちのように烏帽子から緋の袴や大麻《おおぬさ》・三方《さんぼう》・切麻にいたるまで船側で用意した材料を利用して作ったり、神主の白衣は私の襦袢《じゅばん》、袴はこれも私の紺色のスカートを代用するなどかなり気が引けるものであった。巫女役の私の衣装はひどかったが、参列者として参加される日本人は男性はタキシード、女性は晴れ着、中には振袖の方もいらっしゃり華やかになった。これは船にはフォーマル（儀礼的）とアンフォーマル（日常的）な日があるためにそれぞれが用意されていたものだ。

花婿の阿川先生は紋付の和服に仙台平《せんだいひら》の袴、当時は鼻下に髭をたくわえていらっしゃったのでなかなか御立派であったし、花嫁さんは最初私も驚いたのだが、中年のかなり大柄なアメリカ人女性で、阿川先生とは前にもこの船に乗り合せてお友達になったのだという。

テキサスで手広く農場を営む気さくで明るい小母さんタイプの方であった。衣装は日本人からの借物の着物だが、派手な花柄の模様がよく似合い、私たちグループの存在を際立たせてくれた。

「Entry number 16, Japanese wedding ceremony!」（参加番号16　日本の結婚式）

司会のアナウンスに続いて、こちらで指定した蕗谷《ふきや》虹児《こうじ》作詞・杉山長谷夫作曲の〈花嫁人形〉のピアノに合せて舞台に登場する。

先頭を行く私が切麻ならぬこまかく切った紙片を撒きそのあとに神主、新郎、新婦、参列者と続く。

中央で行列を止めて客席に一礼してから、所定の位置に着くと、

「Well, quiet please!」（では御静粛に願います）

神主の一声で会場が静まりかえる。

結婚式が始まった。

神主が正面中央に立つ新郎新婦を祓詞《はらえことば》と大麻で祓ってから、持時間の関係で

祝詞《のりと》を省略して目出度くキッスの筈だったが御当人たちの御判断で頬に唇を触れるだけになってしまった。

お二人共結構演技派だったので新郎はわざと背のびをし新婦は大袈裟に腰をかがめるものだから客席からは思わず笑声が起り、更に新郎が重量級の新婦を抱き上げてよろよろと引き上げようとする姿に会場は爆笑の渦に包まれた。

一同気をよくしてまた最後列の客席に戻り、無事に勤めを果せたことを喜び合った。本当にそれだけで良かったのだ。だから最後の順位の発表で、「Japanese wedding ceremony win!」（日本の結婚式が優勝）と発表された時は腰が抜けるほど驚いた。賞品は銀の皿一枚とシャンパン一ダースで、私たちにはお皿、シャンパンは皆んなで分けた。

それ以来、廊下で擦れ違う人達から、

「お目出度う」

と声をかけられるようになり、食堂では前の方の席の船の司祭さんがわざわざ私たちの所へやってきて握手を求めるほどであった。

阿川先生御夫妻や私たちは、船内で一躍人気者になってしまった。正に〈犬も歩けば棒に当る〉であった。

私は翌日からアメリカの乗客たちに誘われて、船内で催される教室に通うようになったが、どの教室でも歓迎されたので、それまであった外人コンプレックスがいつの間にか消えてしまった。

私たちの年代の者は戦争に負けたことや、学校での英語の授業に苦しめられたことなどでアメリカ人には特に引っ込み思案になりがちだったような気がする。付き合ってみれば彼等も同じ人間同士、それ以上でも以下でもない。この経験がその後、海外を舞台にしたドラマを書くきっかけになったし、逆にまた江戸を舞台にする小説が無性に書きたくなった。

伊東はアメリカ人の友達ができて、毎日のように甲板で行われるシャッフルボードに参加していたが、ハワイを出港のとき、

「戦争中のアメリカでは神社の鳥居を軍国主義の象徴のように捉えていたので、自己紹介では雑誌の編集長といったらちょっと変な顔をされた」

「神社の神主っていえばよかったのに」

「だから実は神主で、神社庁の教化雑誌の編集長といったら納得してくれた」

彼がまだ本当の神主に成りきれていないのだなと思ったが、口には出さなかった。

戦争によって彼の人生は大きく変ったのだし、私たち昭和一桁生れの人間の心の傷は、同じ年代の者として容易に理解できたからだ。

私たちは甲板の船縁《ふなべり》に身を寄せて、夕陽にかすみ遠ざかる真珠湾を、いつまでも眺めていた。

アリとキリギリス

私の人生を振り返ると、最初の十四年間は戦争、そのあとの七十五年間は平和な時代ということになる。戦争にくらべると平和な時のほうが遥かに長いはずなのに、思い出としては戦争中のことの方がより鮮明に記憶に残っている。あの時代のことは娘や孫たちにも余り話したくないし、また他人にも語っていないような気がする。

私とほぼ同年代の主人にそのことを言うと、

「敗軍の将兵を語らず、だよ」

戦争に負けた将軍は、兵法について語る資格がないという、中国の「史記」に出てくる言葉だ。

「敗軍の将じゃなくて少年でしょ」

と雑《ま》ぜ返すと、

「それはそうだけれど」

と前置きして、戦争の頃の話を始めた。

主人の伊東は終戦の年の昭和二十年（一九四五）四月十四日の第二次東京大空襲で田端の家を焼かれ、六月に今でいう避難民として長野県の父の実家に逃げて行った。

被災して二か月も東京に踏み止まったのは、当時、小学生は半ば強制的に親戚や学校単位で地方に疎開させられたのに対し、中学生は個々の判断に任せられていたのと、彼の母と妹たちはすでに疎開をすませていたからだった。女子供は疎開させ、男たちは東京を守るというのが暗黙の了解のように考えていたという。

沖縄に米軍が上陸したこの頃になると、東京の市街地の半分が焼き尽くされ、死者十一万人余、負傷者十五万人、被災者はなんと三百十万人にも及んだという。戦時中のことなので仕方がないことだが国や都からの援助はほとんど無いに等《ひと》しかった。

私は彼より数か月早い四月に母の実家のある福井県に疎開した。前の月の三月十日未明の第一次東京大空襲と称されるB29爆撃機三百数十機による攻撃により下町一帯は壊滅状態となった。死者は十万人といわれている。

伊東の祖母もこの時罹災し、近くの運河に飛び込んで助かったが、田舎へ避難する途中で立寄った時の顔は煤《すす》だらけ、髪や着物は焼け焦げだらけの惨たんたる有様であった。

この時の米軍は木造の家屋が密集する下町を最も効果的に攻撃する方法を研究し、大量のガソリンと焼夷弾を低空からばらまいたのだそうで、空気そのものが炎となり風となって吹き荒れたので人々は逃げ場を失い、予想だにしない被害を受けることになった。

この惨状は私の住む山の手にも噂となって拡がり、私の疎開の時期を早める結果となった。

東京の人たちは太平洋戦争の始まる数年前から敵の空襲に備えて夜は燈火管制、昼は防空演習といって町の警防団の指導のもと、隣組単位のバケツ・リレーや〈火たたき〉〈鳶口《とびぐち》〉など消火に使用する道具の使い方を習ったり、窓ガラスに爆風よけのテープを貼ったりしていたが、こうした努力は実際の空襲にはほとんど役に立たなかった。

なまじ消火しようとして逃げ遅れてしまった人や、国の指導で空襲に備えて作った庭の防空壕に避難して死んでしまった人が多かったことから、三月の下町壊滅の空襲の後は火を消すよりも先に逃げる人の方が多くなり、犠牲者の数が大幅に減った。

私の家というか神社は、五月二十四日の第三次大規模空襲の時にかなりの数の焼夷弾を被爆したが、この時は両親と僅かに残っていた使用人たちは避難せず消火にあたり、無事に神社と自宅を守り通した。

実はこの時、私はすでに母の実家の福井県に疎開していて両親たちの奮闘の模様は見ていない。下町が焼き尽くされ多数の死者が出たことから急遽避難させられたからだ。

あとで聞いたことだが、このあたりにも大量の焼夷弾が投下された。神社の屋根に落ちたのは、父が登って叩き落し、それを下の者が天水桶の水を汲んで消した。神社には普段から集会用の座布団が沢山用意されている。それを水に濡らして火勢を押えた。

ところが二つあった大きな天水桶の水はたちまち底をついてしまい狼狽《うろた》えていると、母が、

「池の水、池の水！」

と叫んだのでようやく男たちも我にかえり、少し離れた場所からではあったが

水を運んで消火に成功した。周辺の家々はほとんど被災したが神社は小高い丘の上にあったのと風向きが幸いしたため類焼を免れた。

隣接するお寺は残念ながら焼失したが、その時、境界に立つ二本の公孫樹《いちょう》の大木から霧のようなものが吹き出しているのを母が見たという。この木は猛火を受けて一時枯れたかに思われたが、その後復活して今は豊かな緑の葉を茂らせている。植物の生命力に驚くとともに、神社やお寺に公孫樹が多い理由もその辺にあるのかもしれない。

わが家の周辺は見渡すかぎり焼け野原になってしまったが、その焼跡にはいくつものお稲荷さんの祠《ほこら》やお狐さんの石像が転がっていた。

当時は商売繁盛、家内安全を願って、庭に稲荷社を祀る家が多かった。信心深い人たちがそれを拾い集めて神社へ持ってきたので、神社では本殿の東側に末社〈出世稲荷〉として安置し、毎年旧暦の初午《はつうま》の日にお祭りを御奉仕している。この日に奉納される幟《のぼり》の数が年毎に増え、参拝する方も多くなっていることからみれば、きっと神様も感応《かんのう》され、喜んでくださっているのではないかと思う。

空襲の猛火から神社を守った両親も今は亡《な》い。存命だった頃、消火の現場に立会えなかったことを私が残念がると、二人は口を揃えて言った。

「お前が居なかったから夢中で火を消せたんだ。もしあの時お前が居たら気になって消火どころじゃなかったろうよ」

たしかに、父の実家である千駄ヶ谷の神社は空襲のあった晩男たちは出征等で不在だったため、父の姉と母親と姪の三人で神社を守っていたのだが、避難するために近くを通りかかった人の話によると、火の粉が降り注ぐ神殿の中から女性の朗朗と唱える大祓詞《おおはらえのことば》が聞こえたという。

翌朝、父が駈けつけたとき神社はすでに焼け落ちて、祝詞座《のりとざ》と思《お》ぼしきあたりから三人の遺体を発見した。多分伯母たちは激しい火の勢いに為す術《すべ》もなく、艦長が沈没する船と運命を共にするように、神社に殉じたのだろう。あの時代このような話は決して珍しくなかった。

一旦は家族と共に避難したのに、途中で御神体をそのままにしてきたことを思い出し、取りに戻って亡くなったとか、理由は判らないが家族が止めるのも聞かずに燃え盛かる御社殿の中に飛び込んでしまった人などである。

戦争は神社にとっても受難の時代だった。

私の疎開生活は僅か五か月程度ではあったが、とても仕合《しあわ》せだったと思う。受入れてくれたのは母の姉で、私は〈竹原《たけはら》の伯母ちゃん〉と呼んでいた。御主人はすでに亡く、一人息子は満蒙開拓団に応募して満州に行ってしまい、たった一人で先祖伝来の田畑と、夫が遺していった理髪店と水車を利用した精米所を続けていた。

村でも評判の働き者で人当りもよく、多忙な折には友達や親戚の者が手伝いに来るし、こちらからも出向いて行くといった生活をしていた。独り暮しの伯母にとって私は、娘が一人殖えたような気持だったに違いない。食事の内容はもちろん、生活面でも実の母以上に気をつかってくれたので、私はすぐに親許を離れた寂しさを忘れることができた。

近くに母の実家の南保《なんぼ》家があり叔父が跡をついでいたが、広い田畑のほかに私鉄の福井駅と三国港《みくにみなと》駅の駅長を兼ねていたので、時々越前ガニやサバなどを私への土産に持参し、彼の姉である伯母さんに捌《さば》いてもらって、

「東京じゃ食えんだろうから、仰山《ぎようさん》食べんさい……」

と言いながら持参の酒をちびちびやり、私との会話を楽しんで帰って行った。

福井県は海に面していて漁業も農業も盛んで、東京にくらべれば遥かに食料は豊富であった。伯母さんも、

「此処に居るあいだに栄養をつけて、病気にならんような体《からだ》にせんといかんよ」

と口癖のように言っていた。

海のない長野県に疎開した伊東はこの話をするとひどく驚いた様子をした。蜂の子や繭《まゆ》の蛹《さなぎ》を炒《い》ったのを食べたことはあったが、海の魚はほとんど食べたことが無かったそうだ。

今では考えられないことだが、戦争末期の昭和十九年から二十年にかけてはB29数百機の大編隊による爆撃が続いたため、数百万人の避難民が都市から地方へ疎開した。

その結果大きな混乱が生じた。農家はお米を生産するが、自分の家で食べる分だけ残し、あとは供出米と称して国が強制的に買い上げるという制度があって、疎開者たちに分け与える余裕が無かった。其の上、価値観や物の考え方に都会と地方では大きな違いがあり、経済的にも都会に住む人の方が優位に立っていたのが、この時期に逆転したのだ。

「イソップ物語」の中にアリとキリギリスの寓話が出てくる。夏の暑い最中、せっせと食物を巣に運んで冬に備えるアリを見て、歌をうたい楽器を楽しむキリギリスが、「働くばかりが能じゃない」と笑った。冬になり食べる物が無くなったキリギリスが、アリの所へ物乞いに行くと、「働かざるもの食うべからず」と断ったという話だが、あれと同じような事があの頃は現実に起こっていたように思う。

これは社会の在り方としては決して好ましいものではなく、異った立場の者がお互いの良さを認め合い、助け合い、感謝し合ってこそ初めて住みよい社会が実現するはずだ。

最近話題となっている〈ふるさと納税〉や〈被災地へのボランティア〉〈都会から自然豊かな農村への移住〉などは、新しい日本の社会を造りだすのに必要な種子のようなものではないだろうか。あの戦争体験から多くのものを学び、日本人はやはり進化し続けている、と思いたい。

禍《か》福《ふく》は糾《あざな》える縄の如《ごと》し

題名に掲げた〈禍福は糾える縄の如し〉は今から二千百年くらい前に中国で書かれた「史記」という本に載る言葉で、広辞苑によれば「この世の幸不幸は、より合わせた縄のように、常に入れかわりながら変転する意」とある。

私の九十年近い人生を振返ってみても、大小の差こそあれ禍福は代わる代わる訪れてきた。とすればこの諺《ことわざ》は人間にとって避けがたいものであり、そのことによって多くのものを学び成長してきたような気がする。

平成十五年（二〇〇三）十月の或る日の夕方、次女の〈コーちゃん〉の夫〈三《さん》ちゃん〉から突然の電話で、

「妻がただの風邪だと思っていたら別の病気が見付かって、すぐ集中治療室へ入れましたが、くわしいことはまた後で……」

言葉の端々から徒《ただ》ならぬ様子がうかがえた。

取り敢えずT大学医療センター病院に伊東と駈けつけたが、集中治療室では遠くから娘の姿を確認することが許されただけで、話しかけることも体に触ることもできなかった。娘は既に意識不明で、人工心肺という心臓と肺の働きを代行する装置で辛うじて生命を維持している状態であった。

〈三ちゃん〉の説明によると、最初の診察を終えて次の措置を廊下の長椅子で待っていたところ、たまたまそこを通りかかった医師のB先生が娘の病状の緊急性を察知し、即座に集中治療室への移動を指示されたのだそうだ。

最初のA先生は娘の心臓にかなり強い不整脈があるので、ペース・メーカーを入れるお積りであったようだが、B先生はこの病気が只の不整脈ではなく心筋炎によるものだと判断されたことが娘の生死の境を大きく分けることになった。もしこの時心筋炎治療の経験のあるB先生がこの場所を通りかかられなかったらと思うと、今でも背筋がぞっとする。

集中治療室で娘の生存を確認したあとで、私たち夫婦は担当の二人の医師から病気の説明と今後の見通しについてのお話をうかがった。

「病名は劇症型心筋炎です。ウイルスが原因で心臓の筋肉に炎症が生ずる病気で、生存率は残念ながら50%以下とかなり低い確率です」

「その場合、社会復帰の確率はどのくらいですか」

伊東の問いに、

「そうですね、30％かそれ以下ですね」

医師の声が低かったせいもあるが、それからの会話はショックのせいかほとんど憶えていない。

病院の帰りに、伊東は遅目《おそめ》の夕食をとるため、渋谷の馴染みのそば屋へ寄った。私は好物の〈天ざるそば〉を注文したが、胸が一杯で一口も食べることができなかった。それを見た伊東は黙って勘定を済ませて外に出た。

タクシーを拾って家に帰るまで、いや家に帰ってからも私たちは会話らしい会話をした記憶がない。それまで私たち家族は高齢の両親は別としてほとんど病気らしい病気をしたことが無かったので、こうした場合に対応する術を知らなかった。

この当時は雑誌の連載やテレビの仕事などでかなり多忙な筈であったが、気持が動転していたせいか、まったく記憶がない。

憶えているのは、生死の境をさ迷う娘の安否と一歳半になる孫の面倒をみていたことばかりである。父親は会社勤めをしているので、朝の出勤時に孫の〈タッくん〉を預り夕方に返す。同じマンションの一つ上の階に住む長女夫婦も手伝ってくれたが、私たちも久しぶりの子育てに無我夢中だった。

孫の〈タッくん〉はやっと歩き始めたばかりではあったが、あまりむずかることもなく、子供向けの曲を流すと、歩行器の中で嬉しそうにリズムに合せて体を動かす。私たちも一緒になって踊りだすが、途中でふと娘のことが頭をよぎり、もし母親が亡くなったらこの子はと思うと、胸に込み上げるものがあった。

天気の良い日は、近くの代々木公園に乳母車を押して散歩に行った。〈タッくん〉は途中の小田急線の踏切で電車を見るのが好きだった。こちらで手を振ると、車掌さんが気がついて手を振ってくれることもある。すると私まで嬉しくなって電車が見えなくなるまで手を振った。

公園には広い芝生があって危くないので、なるべく乳母車から下ろして歩かせるようにした。そのほうが運動になると思ったからだ。或る時、〈タッくん〉が足許に落ちていた枯枝を拾うと、それを振りながら声を上げ、小走りに歩いた。

「やっぱり男の子だなあ」

一緒に付いてきた伊東は感心していたが、私はたとえどんな事があろうとも、この子は私たちの手で守ってやらなければと自分に言い聞かせた。

娘の病状は人工心肺のお蔭で小康状態を保っていたが、心臓そのものは自分の力では動いていなかった。

あとで知ったことだが、人工心肺が使えるのは一期二期三期の三週間程度で、もし二週間以内に自力で心臓が動かない場合は、心臓移植か人工心臓ということになる。その理由は人工心肺装置の場合は自然の血流にくらべると流れが遅く、心臓に血栓ができやすい。その血栓が冠状動脈を詰まらせれば心筋梗塞、肺にできれば肺梗塞、脳の血管をふさげば脳梗塞となり、いずれも命にかかわる結果となる。

心臓移植はドナーを探すのが大変だし、人工心臓では社会復帰はむずかしい。その運命の岐路となる日が日一日と近づいていた。

亡くなった父は私が幼い頃から、

「神さまにお祈りするときは、まず自分以外の人の仕合せを祈り、それから自分のことをお願いするものだよ」

といっており、今でも夜ねる前に私はそうしているが、このときばかりは、娘の心臓が自力で動きだすことばかり祈っていた。

伊東は神職なので毎朝暗いうちに起きて職員たちと一緒に神拝行事を行い、それから境内の掃除をしてから社務所をあけるのが日課となっていたが、この時ばかりは朝拝のあと一人残って娘の病気平癒の祝詞をあげていたところ、やがて職員たちもそれに気付いて一緒に祈ってくれたそうだ。

そのせいか、いや勿論近年のいちじるしい医学の進歩のお蔭だろうが、娘の心臓は人工心肺を装着して二週間目の最後の日、奇跡的に自力で動きだした。その知らせを娘婿の〈三ちゃん〉から聞いたのは、ほとんど諦めかけていた時だったので文字通り起死回生の喜びと感動を味わった。

殊に〈三ちゃん〉は妻の入院以来ずっと会社の帰りに病院に立寄って病人の脚《あし》をマッサージし続けてきたので、その喜びも一入《ひとしお》だったことだろう。

「ほんとうに一時はどうなることかと思いました。脚の筋肉は第二の心臓だとお医者さんから聞いたので私にできることは女房の脚を揉むことと神様に祈ることしかないじゃないですか」

と述懐した。

その後、病気は順調に快方に向い、年明け早々には退院することが出来た。

ところが家族一同がほっと胸を撫で下ろしたのも束の間で、退院後の最初の検査で軽い心膜炎が発見されて再度入院することになった。更にくわしい検査の結果、心臓に一センチ大の血栓が見付かり一度ならず二度目の肝《きも》を冷やしたが、この血栓もいつの間にか消えてくれて事なきを得た。

〈事実は小説よりも奇なり〉という言葉があるが、本当にこんなことが自分の人生の中でも起きることを初めて体験した四か月半であった。

次女は大病をしたにもかかわらず、後遺症もなく、数年後には次男を無事出産した。また入院中に夢で私の父、彼女にとっては祖父から、神主になってお宮の跡を継いで欲しいと言われたとかで、K大学の神道科に入学して資格をとり社会復帰を果すことが出来た。

〈禍《わざわい》を転じて福となす〉という古い諺があるが、家族が近くに住んでいたことも幸いして協力し合うことが出来たのも良かったと思う。お蔭で私も執筆を再開することができた。〈艱難《かんなん》汝を玉にす〉ということか。

でも二度とあんな辛い思いはしたくないというのも、私の本音ではある。

伊東は私たち二人で自祝の宴を開いたとき珍しく饒舌《じようぜつ》になり、

「Religion without science is blind. Science without religion is lame.」

下手な唄でもうたうように唱えた。

「何よ、それ」

「アインシュタインて知ってるか」

「相対性理論で有名な物理学者でしょ」

「そう、彼が言った言葉で、科学なき宗教は目が見えないのと同じ。宗教なき科学は足が不自由なのと同じ。ということさ」

「それがどうだっていうの」

「つまり、科学と宗教はどちらも我々人間にとっては大切なものだっていうことさ」

私は空になった彼の盃を横目で眺め、ちょっと考えてから三本目のおちょうしに手を伸ばした。

人間万事塞翁《さいおう》が馬

世界中に拡大する新型コロナの猛威は、いったい何時《いつ》になったら終息に向かうのだろう。有効なワクチンも特効薬も無い中で、私たちはただ右往左往するばかりだ。

ちょっと前には、二年連続で訪れる私たち夫婦の米寿の祝いを、経費節約で一回にするか、家族にとっては大切な行事なので矢張り夫婦別々に二回行うべきだろうなどと、頭を悩ませたものだったが、パンデミックの御蔭でどちらも奇麗さっぱり吹き飛んでしまった。

これと同じような体験は、第二次世界大戦の末期くらいのものである。どちらも平穏無事な日々がいかに貴重なものであったかが身にしみた。

私の九十年近い人生を顧みると、およそ三つの時代に区分される。第一期がこの世に生をうけて作家になるまでの約三十年。第二期が作家になって文化勲章を頂くまでの約五十年。そして第三期は受章から今日までの歳月である。

いずれも私にとってはたった一度の何物にも代えがたい人生の過程であり生の営みなのだが、特に第二期の作家としての生活は私という人間のすべてを出し尽し、燃え切ったという思いがする。

五十年間昼となく夜となく書き続け、出産以外に入院したこともなく、よく体力がもったものだと自分でも感心する。まだパソコンの無い時代だったので、すべて原稿用紙に手書きで文字を刻んだため、右手の人差指と親指は少し変形したが、作家に特有の書痙《しょけい》に悩まされることもなく、眼の病気にもかかわらず過ごせたことは有難かった。そうした体質を伝えてくださった両親や御先祖様に感謝するばかりだ。

感謝といえば、私の仕事を蔭から支え続けてくれた家族の協力も決して忘れてはならない。これはどこの御家庭でも同じだと思うが、特に作家の場合は約束の日時までに仕事を仕上げなければならないし、内容が悪ければ次回の注文も危うくなる。

よくお産の時の苦痛を生みの苦しみというが、作家は男女の別なく一本の作品を仕上げるまでに強い精神的肉体的な緊張と苦しみに耐えねばならない。良い評価を得た時の喜びは大きいが、不評の場合の気持の落ち込みも激しい。

　世の中には芥川賞・直木賞をはじめ多くの文学賞が用意されているが、どの賞でも一流の作家であることを生涯にわたって保証してくれるものではないし、著名な作家をしばしば死に追《お》いやることのあるスランプ（不調）などもプロの作家なら誰でも経験することだ。

　こうした不安定な心の状態の中で仕事を続けている作家にとって大事なのは、読者・視聴者・観客の方々の反応や、出版・放送・舞台の担当の方の御力添えなのだが、最も影響を受けるのはやはり生活を共にする家族の協力ではないだろうか。

　結婚した当初は、作家・妻・母・主婦のすべてを立派に遣りこなすつもりで張り切っていたし、実際そういう時期もあったが、間もなくそれは絶対に無理だということが分った。仕事の量がどんどん増えていったからだ。

　私たち夫婦は相談して住居を幡ヶ谷から代々木八幡に移すことにした。もちろん伊東は母親の承諾を取り、私は父に頼んで神社の役員の承諾を取ってもらった。

　拠点を私の両親の住む神社の境内に置いたため、育児や家事は経験豊富な伊東の母や私の母に手伝ってもらうことができ、伊東は私の父から神職としての知識や祭式（祭りの行事作法）を学ぶことができるようになった。

彼はその頃はまだ小説やテレビや映画のシナリオなどの仕事を続けていたが、私の秘書役や仕事の調整や管理なども手伝ってくれた。本当ならばライバルという立場でもあるのに、結婚してからは、いやその前からもそんな事は曖《おくび》にも出さず協力してくれた。長谷川門下では私と同じ最弱年の弟子なのに、何故か先生御夫妻の御信頼が厚かった。口数も少なく、気働きも大したことはないのに、毎月先生のお宅で開催される勉強会で彼は時々場違いな発言をして先輩たちの胆を冷やした。

先生が徳川家康の〈御遺訓《ごいくん》〉の例を引かれて、気が短かいので有名な先輩に対して、

「家康は、怒りは敵と思えと言っている。世の中には腹の立つことも多いが短気は損気だ。忍耐は安泰の基《もとい》とも言われているが、怒りを押さえきれずに身を亡ぼした人は歴史上も数え切れないほどだ……」

と諭《さと》された。皆も神妙に聞いていたが、伊東が突然手をあげて、

「私は怒るべき時は怒ったほうがいいと思います」

と言いだしたので、思わず全員が息を呑んだ。

「私は臆病なので、言うべきときに何も言えずに後悔することが間々あります。怒るべきときは怒り、言うべきときは言うのはいけないことでしょうか」

皆な緊張して先生の次の言葉を待つ。すると先生は口を軽くあけて、ハッハッハとお笑いになった。

「君は若いからそれでいい。今に出世して名前が人に知られるようになったら味方もふえるが敵もふえる。家康は子供の頃から大変な苦労をした人なので、忍耐の尊さをよく知っていたのだよ」

先生のお声が桜の蕾《つぼみ》に開花をうながす風のように温かだったので、私はほっとした。彼は時として子供のように馬鹿正直になることがあった。

娘たちがまだ幼い頃、私たちは夏になるとよく一週間くらいの日程で山や海にでかけた。東京のむし暑さを避けることは勿論だが、子供たちに自然の中でのびのびと遊ばせてやりたかったからだ。

海はなるべく子供用のプールがある所、山は温泉のある所を選んだのは三人の親たちへのサービスのつもりだった。したがって海は伊豆下田のホテルや房総半島南端に近い鴨川のホテル、山は草津か箱根の旅館だったが、いざ蓋《ふた》をあけてみると、私は仕事が忙しくせいぜい二、三泊で帰京することになり、あとは伊東に任せて帰ることが多かった。

三人の親たちと二人の幼い娘たちを任された伊東は、さぞかし苦労したのではないだろうか。

その中の一つ二つをあげると、彼が箱根の旅館の家族風呂に下の娘と一緒に入浴した時、彼女がお気に入りのプラスティックの人形で遊んでいるのを見届けてから頭を洗いだした。シャンプーをつけて充分泡立ててからふと気がつくと前の鏡の中に娘の姿がない。嫌な予感がして振り返ると、人形が二つ並んで湯船に浮いていた。が、すぐにそれは片方が人だと分った。

家族風呂とはいってもかなり広い浴槽で、娘の方はその真ん中より少し手前にうつ伏せの状態だ。

夢中で飛びこみ抱き上げたとたん激しく泣きだした。泣いてはいるがお湯を飲んだり肺に吸い込んだ形跡はなかったという。たぶん風呂に落ちて間もなくだったのだろう。

「気をつけて頂戴よ、大事な娘なんだから」

あとで知った私は思わず声を荒げたが、それ以上は責めなかった。もし私が居たらこんな事にはならなかったかもしれないが、逆に彼ほど俊敏に風呂に飛び込めたかどうかは分らない。

それから数年後、今度は私の目の前で長女の身にも更に大きなアクシデントが生じた。

房州鴨川のホテルには立派なプールが大人用と子供用の二つもあって、娘たちはいつもそこで遊んでいた。爺ちゃん婆ちゃんたちもプールサイドのパラソルの下でコーヒーや紅茶を飲みながら、孫たちが嬉々として水と戯れる姿に目を細めたり、時にはボールを投げたり拾ったり或《あるい》は会話を楽しんだりしていた。

海はホテルから防風林を抜けて階段を下ればすぐの所にあったが、どういうわけか石だらけで、砂浜がほとんど無かった。遠くの海岸には海の家なども散見されたが、ホテルの前はかなり広範囲にわたりホテル専用となっているらしく、宿泊客以外に人影もまばらだった。

早起きのわが家の親たちは互いに誘い合わせてこの海岸を散歩し、珍しい石や貝がらを拾い、朝食の時に孫たちにプレゼントするのも楽しみの一つであった。

そんな或る日、上の娘が突然、

「海で泳ぎたい」

と言いだした。たしかに円いドーナツ状の浮輪のほかにも、波乗り用の膨らませれば畳ほどになりそうな浮袋も持参していた。

「これで波のりをしたらいいわね」

と私が提案したような気もする。

「下の子は無理だが、お姉ちゃんはもう小学校の二年だし、パパが一緒なら……」

家族の意見も一致した。

その日は朝から好天に恵まれ、風も珍しく穏やかだった。午前中は子供用のプールで遊ばせ、午後になってから下の娘と親たちは昼寝をし、私たちは海岸に向かった。上の子は妹に対する優越感からか、いつもより足どりも軽く饒舌だった。

私は幼い頃父親と海水浴に行き、その時飲んだミルクコーヒーが原因で疫痢《えきり》となり死にかけた事があったので、それ以来海水浴はタブーとなった。そのため水泳はかなり大きくなるまで許可されなかった。もちろん泳ぎは不得意だ。

それに引き替えパパは、中学一年のとき学校で開催された水泳大会で、平泳ぎの部門で優勝を果した。だから当然のことながら颯爽と海へ入って行くのはパパと娘で、私は大きな麦藁帽子とサングラスと陽やけどめクリームで万全を期し、携帯用の椅子と双眼鏡を持参して浜辺から見守ることにした。

父子はサーフィンをするつもりでいたようだが、幸い波はほとんど無かった。此処はほかと違って海岸が遠浅ではなく、少し進むとすぐ深くなる。そういうとからも子供にとっては危険な場所だった。海水浴客の姿もまばらで若者たちが五、六人泳いでいるのが見える。

パパは浮輪をつけた娘を畳大《たたみだい》の浮袋の上にのせ、自分は泳ぎながらそれを押していた。

私が手を振ると娘も嬉しそうに手を振る。その姿を私は何枚もカメラに納めた。遠い沖合をタンカーらしき大型船がゆっくりと移動しているのが見える。数年前に横浜の大桟橋から船に乗りニューヨークへ行ったときのことを思い出した。東京湾を出るとすぐ船の揺れが激しくなった。湾の外は波の荒い外海だった。

気がつくと、娘たちの姿がかなり遠くなっている。あっという間に沖合に出てしまったのだろうか、近くに人の姿はなかった。

声は届きそうもないので、私は立ち上り戻るように大きく何度も手を振った。

双眼鏡を向けると方向転換したようなのでほっとした。

坐りなおして新しく始まる新聞連載の小説の構想を考えはじめる。しばらくして目を上げる……と、浮袋の二人は少しも前に進んでいないような気がする。ふたたび双眼鏡を覗いたが、娘は浮袋の上に居るしパパも懸命に戻ろうとしているのに、その姿はどんどん沖の方へ遠ざかっているように見えるのだ。

その時初めて、二人が流されていることに気がついた。さっきタンカーが通って行ったあたりは、確か黒潮か何かの速い潮の流れがあって、もしそれに嵌《はま》ったら大変なことになると以前聞いたような気がする。

急に心臓の鼓動が高まった。二人は今度は左の方に流されている。強い流れに翻弄《ほんろう》されているのだろうか。

(とにかくフロントに頼んで船を出してもらおう)私は海岸の石ころに足をとられながら夢中でホテルに走った。石段を登り防風林を抜け、やっと高台に出てから海を振り返った。

そうしたら驚いたことに、いつの間にか娘の乗った浮袋が海岸近くまで戻ってきているではないか。私は体中の力が抜け、その場にしゃがみ込んでしまった。

そして浜辺へ走った。

「どうしたの、いったい。ママ心配したのよ」

娘を抱き上げたが、彼女は予想以上に元気そうだった。

「ずいぶん遠くまで行ってきたのよ」

むしろ誇らしげに笑顔を見せたが、パパはかなり疲れている様子だった。

「本当に一時はどうなるかと思った……」

と耳許で囁《ささや》いた。娘には聞かせたくない話だったのだろう。

パパの説明によると、浜辺を出てから最初のうちは極めて順調で、あっというまに沖合に出た。そこからの景色は水平線を背にして、鴨川一帯の海岸線や隣りの海水浴場が見渡され、そこには海の家がかなり立ち並び、海水浴客たちの色とりどりの姿が散見されるほど、こちらとは全く異なる眺めがあった。

子供を下して泳がせたり、頃合を見計らって浮袋の上で日光浴をさせたりを繰返しているうちに時が過ぎ、いつの間にか出発点からかなり遠くまで来ていることに気がついた。

「あっ、ママが手を振ってるよ」

娘の方が早く気が付き「帰ろうよパパ」と言いだしたのを機に、彼は娘を大きな浮袋の上に乗せ海岸を目差して泳ぎだした。沖合の海水はかなり低温で、体の

り戻すのに時間がかかる。場合によっては流れの方向が変ってしまうこともある。伊東は神主になる前は小説やシナリオなどを書いていたので、その辺のことはよく理解しており、協力してくれるので助かった。結婚する前、長谷川先生から、

「平岩君をよろしく頼むよ」

と言われていたそうで、それをしっかりと胸に刻んでいたのだろう。

しかし夫婦だから時には喧嘩もする。

結婚してまだ間もない頃、ささいな事で腹をたてて彼に摑みかかっていったことがあるが、私の体は何故か突然宙に浮き、ふわりと畳に横たわっていた。

あとで知ったのだが、彼は子どもの頃から柔道や剣道を習っていて、その昔、水道橋の講道館で作家富田常雄の名作「姿三四郎」のモデルの一人ともいわれる三船久蔵十段に稽古をつけてもらったことがあったそうだ。

私も父から「神道無念流」の剣道を習ったことがあるが、彼にはとうてい歯がたたぬと覚って、その後は一切腕力には頼らないことにした。

ちなみに、代々木八幡宮に隣接する福泉寺には「神道無念流」の達人斎藤弥九郎の墓がある。父はよくこの墓に詣でていた。

腕力ではかなわないが、口喧嘩なら負けてはいない。といっても年がら年中喧

嘩をしているわけではなく、普段はたがいに助け合って暮しているし、私も彼から殴られたり蹴られたりしたことは一度もないのだが、原稿の締切がせまっているのにテーマがきまらなかったり、執筆途中で壁にぶつかったりすると気持がいらいらしてきて、思わず身近かな人、亭主に当ってしまうこともある。

愚図《ぐず》!のろま!方向音痴!などという罵声が次々と飛びだす。八つ当りというのだろうが、私の場合は子供たちやヘルパーさんや犬や猫にも言わないことを亭主にのみぶつけるというのは、それだけ身近かでサンド・バッグのように打たれ強いことを承知してのことだったと思う。つまり一種の甘えなのだろう。打たれる方はたまったものではない。

若い頃は明らかに怒っている表情を浮かべたり、反論してきたこともあるが、年とともにそれもなくなって、いつも穏やかに対応してくれた。

「どうして怒らないの」

と尋ねたら、

「俺が育った昭和の初めごろは、弱い者いじめは男の恥と教えられていたからじゃないかな、三つ子の魂百までもと言うじゃないか」

それから少し間をおいて、

「徳川家康が晩年に語ったといわれる御遺訓に次のような言葉がある。若い頃はあまり感じなかったが家康と同じ七十代になってから身にしみてその意味が分るようになってきたような気がする」

御遺訓

(1)人の一生は重荷を負て遠き道をゆくが如し。いそぐべからず。(2)不自由を常と思えば不足なし。(3)心に望《のぞみ》おこらば困窮したる時を思い出すべし。(4)堪忍《かんにん》は無事長久の基《もとい》。(5)いかりは敵と思え。(6)勝事《かつこと》ばかり知りて負くることをしらざれば害その身にいたる。(7)おのれを責めて人をせ《せ》むるな。(8)及ばざるは過《す》ぎたるよりまされり。

(右の御遺訓の数字は、筆者が便宜的に付した)

「俺は若い頃は怒りっぽくて、すぐ、かっとなる悪いくせがあったが、この家康の言葉を見てはっとした。彼は幼い頃から苦労に苦労を重ねたあげく天下人になった人だけに、その言葉には重みがある」

伊東は最後の所に力をこめた。

平岩家の祖先は徳川十六神将の一人で元犬山城主平岩親吉《ひらいわちかよし》なので、主君である徳川家康についても調べてみたことがあるが、三歳のときに母於大《おだい》の方は兄水野《みずの》信元《のぶもと》が織田方についたため夫松平広忠《まつだいらひろただ》から離別された。

広忠は織田方とは敵対関係にある今川義元と同盟関係にあったからだ。こうした例は戦国時代にはよくあったことで、その後家康（当時は松平竹千代）は六歳で三河の国（今の愛知県の東部）岡崎から駿河の国（今の静岡県中央部）の今川氏に人質《ひとじち》として送られた。

ところがその途中、織田方に捕らえられ尾張（愛知県西部）で暮すようになる。二年後父広忠が死ぬと織田と今川のあいだで捕虜の交換があり、ふたたび今川に引渡された。

十四歳で元服して今川氏の一族の娘築山殿《つきやまどの》と結婚したのが十六歳の時、その後、今川義元が桶狭間《おけはざま》で討たれたため、十一年ぶりに故郷の三河の国岡崎に帰った。翌年信長と和解して〈姉川の戦《たたかい》〉で信長と共に大勝したが次の〈三方ヶ原《みかたがはら》の戦〉では武田信玄に大敗した。

数年後武田勝頼が攻め寄せてきた〈長篠《ながしの》の戦〉では信長と連合して勝利をおさめたが、その四年後武田側との内通を理由に妻の築山殿の処刑と嫡男信康《ちゃくなんのぶやす》の自害を命じられ、涙をのんで要求に従わざるを得なかった。

応仁の乱以後、信長が天下をとる約百年間の戦国時代は群雄が割拠して食うか食われるかの戦いが続いた時代で、家康のような悲劇はそう珍しいことではなかった。家康の残した「御遺訓」にはこうした非情な体験があったと思うと胸が痛くなる。

四百五十年前の戦国時代と現代では総てにおいて大きな違いがあるのはもちろんだが、人が生きてゆく上での自分や他人とのあいだの葛藤《かっとう》がなくなることは無い。

数十年前のことだが、名女優の山田五十鈴《いすず》さんから舞台稽古のときこんなことを言われた。

「平岩先生は、普段は観音さまのようにやさしいのに、お稽古が始まるとまるで鬼のようになるのね……」

思いがけない言葉にとまどっていると、

「でも一生懸命指導してくださるのは嬉しいけれど……」

山田さんは女優としては初めての文化勲章受章者で、作品は川口松太郎先生の作品「しぐれ茶屋おりく」。先生はこの作品で吉川英治文学賞を受けていらっしゃる。いずれにしても私は緊張せざるをえなかった。夢中になれば前後の見境がつかなくなるのが私の悪い癖だということに初めて気がついた。

そういえば家でも仕事の最中にいらいらして夫に八つ当りしていたが、彼は大した反発もしてこなかったので、こちらはいつもあとはさっぱりして仕事に戻り、作品が仕上ればいつもの仏《ほとけ》の弓ちゃんに戻るのだからいい気なもんだ。彼の思いやりに感謝するきっかけになった一幕だったと思う。

山田五十鈴さんにはこの作品のほかでもお芝居では「三味線お千代」、テレビドラマでは私の作品に四、五本は出ていただいたと思う。人生における体験豊富な方だっただけにやんわりと私をたしなめて下さったのだと思っている。

何度もくり返すが、私は自分の人生を顧みて、長谷川伸先生、戸川幸夫先生をはじめ沢山の先輩や友人にめぐまれ、その方々の御指導や御支援を受けて今日があると思っている。

口の悪い私の連合《つれあい》は、

「ブタもおだてりゃ木に登る、かも」

とからかうが、本当にそうだったかもしれないと思わぬでもない。

学校の成績は国語と歴史をのぞいては最低だったし、駈けっこはいつもびりで自転車にも乗れない私が、数々の名誉ある賞をいただくような人生を送ることになろうとは、まったく夢にも思わぬことであった。

ほんとうに人生は〈旅は道づれ世はなさけ〉なのだろうと思う。

生まれてきて本当によかった。

二つの記念碑

年をとると、ついさっき食べた食事のことを忘れるくせに、何十年も昔のことを突然昨日のことのように思い出すものだと聞かされたことがある。若い頃は、

「まさか、そんなことが……」

と思ったものだが、最近それに近いことを体験することがあって、加齢の意味をあらためて実感することが多くなった。

つい先日も「嘘かまことか」の中でも触れている「旅路」の文学碑のことをふと思いだして、真夜中だというのに、目がさえて眠れなくなった。

それは今から五十数年前、NHKから頼まれて書いた朝の連続テレビ小説「旅路」の放送が終って間もなくドラマの舞台となった北海道旭川の神居古潭《かむいこたん》に記念碑がたてられた。

この記念碑は地元の事業家の方が御自分の土地に自費でたてられたのだが老朽

化したため、第二の記念碑建立の話が持ち上った。そのいきさつについては当時の地元〈朝日新聞二〇一八年十月二十五日付〉が〈67年放映「旅路」の記念碑道舞台ドラマ　旭川に建立〉と題して、次のように紹介している。

〈北海道を舞台にしたNHK朝の連続テレビ小説「旅路」の記念碑が、旭川市の神居古潭に建立され、除幕式が開かれた。

「旅路」は、平岩弓枝さんの原作・脚本で、1967年4月から放映された。国鉄職員の夫とその妻を主人公に、大正から昭和にかけての庶民の喜びや悲しみを描き、大ヒットとなった。戦地から戻った主人公が、初めて駅長になった地として神居古潭駅が登場した。

その縁から、69年に一度、碑が建立されたが、損傷が進み、地元や市内の文学好きの人たちが『「旅路」友の会』をつくり、新たな碑を神居大橋のたもとに建てた。碑には、平岩さんの手による「人生は旅路　夫婦は鉄路」という文が刻まれた。

9月23日（注・2018年）の除幕式では、平岩さんが会に寄せた手紙も紹介された。北海道でのロケの際、台本にはない雪が駅周辺にあって困っていたら、駅員や見学の人たちがお湯を沸かし、バケツリレーで溶かしてくれたというエピ

ソードに続き、「お湯より温かい北海道の方々のお心のおかげ」と感謝の言葉がつづられていた。)(本田大次郎)

この第二の「旅路」の碑の建立を思いつき積極的に活動を始めたのが、地元の芦田孝《あしだたかし》さんたちだった。

彼は「旅路」の大ファンで、初めて私を訪ねてこられた時、古びた大学ノートを持参された。そこには小説「旅路」の本から抜粋した文章がいくつも書きこまれており、二十代の頃から折にふれて人生の指針にしてこられたのだそうだ。

この時私は外出中で、神社に居た伊東が対応してくれた。その報告によれば、名刺には「旅路」友の会副会長とあり、正直で質朴そうな人とのことだった。訪問の主旨は「旅路」の文学碑を建てるために運動中だが、まずは原作者の方の許可と、碑銘に彫る文字を書いて欲しいという。

「たしか御当地には、前にも一つ同じ記念碑があったと思いますが……」

伊東が懸念を示すと、

「国道12号沿いにありますが、以前はドライブインがあったのですが今では廃業してしまい、記念碑は草にうもれた状態です。所有者の方に移転をお願いしましたが断られましたので、やむなく別の所に再建を決意した次第です」

現在、土地の提供を旭川市と交渉中で、資金集めに奔走しているとのことだった。

私は伊東とも相談して、銘文を筆で書いて送ることにした。私には子供が二人居るけれども、そのほかにも大勢の子供が居ると思っている。それは私が苦労して生みだした小説やテレビドラマや舞台脚本などだ。そのどれもが懐かしいと同時にいとおしい。

芦田さんからは、すぐ銘文を記した色紙二枚の礼状が届いた。そこには〈「旅路」友の会〉の会員に色紙を披露して喜び合ったこと、会長の久保田晴夫氏が秘蔵の神居古潭石（通称油石）を寄贈されたことなどとともに、旭川市に対して旧神居古潭駅に近い風光明媚な場所を提供してくれるようお願いの活動を強めていると書かれていた。

それからしばらく芦田さんからの連絡もとだえ、私の記憶からも薄れかけた頃、彼の弾んだ声が受話器の向うから響いた。

「やっと市の承認がとれました。先生のおかげです、ありがとうございました」

予定していた百万円の資金も〈「旅路」友の会〉の会員たちの努力でようやく目《め》処《ど》がつき、文学碑はいろいろ相談した結果、後年のことを考え旭川市に寄付することにしたという。

芦田さんは電話だけでは気がすまなかったらしく、予告もなしに神社にやってこられたが、この日も私は地方講演で不在だったため伊東が対応し、帰宅してから報告を受けた。

「文学碑の除幕式には、御夫妻で是非御参列くださいと言っていたよ」

「そうね、二人一緒は無理かもしれないけれど、どちらかは行ってあげないとね」

「とにかくあの人が思いついて、ここまで持ってくるまでには少なくとも四、五年はかかったと思うよ」

「やっぱり〈朝ドラ〉ってすごいのね」

「彼、肺がんみたいだよ。一段落したら精密検査を受けるんだって」

「自分のことはそっちのけだったのね」

その後文学碑の工事は順調に進み、その年の秋九月二十三日に除幕式と知らせてきたが、私は足首の骨折、伊東は当日が神社の例大祭にぶつかったため、残念ながら出席できなかった。そのかわり芦田さんからの依頼もあり、第二の碑の建立にたずさわった方々や住民の方々への感謝のメッセージをお送りし、除幕式の中で披露していただくことにした。

除幕式の内容についても、芦田さんは朝日新聞や北海道新聞のコピーや式次第、当日の写真や状況などを記して送ってくださった。

それによれば除幕式の日程が九月二十三日になった理由が、その日午前十時半から旭川市神居町神居古潭の旧駅舎周辺で行なわれることになっていた第六十一回〈こたんまつり〉に合わせたもので、例年アイヌ民族の伝統儀式〈カムイノミ・イナウ〉を行うほか、ムックリ（アイヌの口琴）作りや民族衣装で記念撮影ができるコーナーや地元産の野菜やリンゴ、スイーツ、パンなども販売することになっており、その前に行なわれた除幕式は観衆も多く、かなり盛大だったようだ。

式は神式で、除幕の幕引きの役は男の児の兄弟と女の児の姉妹の四人で行われたが、東京などでは区長さんとか会長さんとかいわゆる御偉《おえら》いさんがする場合が多いので、違和感をおぼえないでもなかったが、今から約千三百年前から二十年ごとに行われている伊勢神宮の〈式年遷宮〉の地鎮祭でもやはり女の児が神職の介添を得て行うので、決して珍しいことではない。もしかしたら伝統をうけつぐ意味で子供たちに大切な除幕をまかせたのかもしれない。

ちなみに神居古潭のカムイとはアイヌ語でかみ、コタンは集落または在所の意味で、魔神の住む所ということだそうだ。この辺は昔から船の航行の難所だったらしいが右岸を走る函館本線に昭和四十四年（一九六九）神居トンネルが開通し、線路跡はサイクリングロードとなり、「旅路」の舞台になった神居古潭駅は廃止されたが、平成元年（一九八九）に復元され、サイクリングロードの休憩所となったらしい。

そんな歴史をふまえて、このあたりを散策するのも興味深いかもしれない。

除幕式を主催された〈「旅路」友の会〉会長の久保田晴夫氏は記念碑建立の経緯と、協力してくださった方々への感謝の言葉を述べたあとで、突然碑の生みの親ともいえる芦田孝氏を紹介しますと言って彼に発言を求めた。

芦田さんは予想外のことでうろたえたが、気を取り直して、

「建ちました。芦田です。この碑の顕彰と保護管理は徹底してやります。全国的に歌碑の問題が出ております。問題は二つあり、一つは老朽化もう一つは忘却です。若山牧水の歌碑もそうです。しかしこの神居古潭においてはまったく心配い

りません。どうかみなさんこの碑を可愛がって下さい。よろしくお願いします」

と一礼し、大きな声援と拍手が沸きおこった。

この場面は私が直接見たわけではないが、芦田さんから届いた新聞のコピーや報告からまるで動画のように脳裏にやきついている。

私が数日前の夜中に目が覚めて眠られなくなったのは、この場面に続いて、彼が肺がんにかかっているかもしれないということを思い出したからだった。

夜が明けて、私は早速このことを伊東に伝えた。もちろん芦田さんの安否を確認したいためである。

「そうだな、あれからママも足首を骨折して入院したり、リハビリで大変だったし、おれもそっちに気をとられて、うっかりしていた……」

伊東はすぐ携帯を取り出して電話をかけてくれた。

「だめだ、留守電になっている」

「やっぱり……」

それから日を変えて何回か電話してみたが結果は同じだった。

「まさかとは思うけれど……」

不安な思いが彼の表情にもにじんでいる。

「今度はこちらの電話番号を伝えて、返信してくれるように頼んでみよう」

するとそれから数日して芦田さん御自身から電話があった。もらった名刺をなくしてしまい、電話ができなかったことを詫《わ》びるとともに、昼間は仕事で外出することが多くてと、いつも留守電になっていた理由を説明された。

「じゃあ、病気で入院してたんじゃなかったんですね」

「去年一か月ほど入院しましたが、今ではすっかり元気になりました」

その声も前と変りがなく、逆に私たちの健康を気遣ってくれていたらしい。

私もその晩から安心して眠られるようになった。数日たって彼から手紙が届いた。

「平岩昌利様　お電話誠にありがとうございました。本当に久し振りのお声で、渋谷でお逢いした時を想い出しました。落ち着いたお姿、人格者の平岩様がすぐお近くにいらっしゃるかのように思い出されます。とにかくお元気な声を聞き安心しました。いろいろ本当にお世話になりました。今後ともよろしくお願い申し上げます。御都合がつきましたら、北海道へ遊びにいらっしゃいませんか、いつでもお待ちしております。弓枝先生によろしくお伝えください。令和2年10月26日　芦田孝」

「来年新型コロナウイルスがおさまったら、二人で二つの記念碑を見に行こうね」

ちなみに伊東昌輝は彼のペンネームで、私の父がつけたもの。神職としては平岩昌利の本名を使っているので、芦田さんにはそちらの名前を伝えていたのだろう。

なんともややこしい話だが、これも彼のこれまでの人生からすれば無理からぬことと、私には理解できるのだ。

彼の元の名前は伊藤昌利。いつまでも梲《うだつ》が上がらないのを心配した彼の母親が、静岡かどこかのお坊さんに頼んでつけてもらった名前が伊藤昌輝。そして私の父が選んだ名前が伊東昌輝。このたびの「旅路」の二つの記念碑についても、何か共通するものが有るような気がしないでもない。

もういくつ寝るとお正月

　私は小学生の頃、お正月が近くなるといつも表題のこの歌を思い出し、早くこいこいお正月と指折り数えて待っていたことを思い出す。

　歌の文句にもあるように、お正月には学校が休みになり、凧揚げやこま回しなどの遊びやお年玉などがもらえる楽しみがあったが、私がもっとも待ちどおしかったのは一歳としをとることだった。

　その時代、昭和の初期の日本では年齢の数えかたが今と違ってお誕生日の次にくる正月で一歳としたので、お正月には当時七千万〜八千万人ほどだった日本人は一斉に一歳としをとることになっていた。

　当時の社会通念としても、年長者をうやまう風潮は今よりもかなり強かったし、まだ小学生だった私も、一年生よりは二年生、二年生よりは三年生と学力体力ともに成長していることは理解していたので、歳を重ねることのすばらしさをより強く感じていたのかもしれない。

私の生れた代々木八幡宮では秋から春にかけてはいろいろな祭典や行事が多く、特に暮から正月にかけては大祓《おおはらえ》の形代《かたしろ》や新しいお札《ふだ》くばりなどで多忙をきわめるため、大人《おとな》たちはあまり私の相手をしてくれない。

隣り近所には親しい友だちもなく、正月らしい思い出といえば、正月の行事も一段落する〈鏡開き〉の日に千駄ヶ谷の鳩森《はとのもり》八幡神社で催される〈かるた会〉だった。

鳩森八幡は父の生家で姉が四人、下が弟一人と妹二人の八人きょうだいの大家族の長男であったが、父の矢島慎吉が五十四歳で急逝したとき跡取りの息子満雄は十四歳、まだ神職の資格が無かったため取りあえず三女きくの夫が宮司を継ぐことになり、満雄は代々木八幡宮の養子となった。

姉のきく伯母さんはきょうだいの中でも特に頭がよく、男まさりの女性でお茶とお花の師範であり大勢のお弟子さんを持っていた。箱根神社の宮司の養女だった私の母も、この伯母さんからお茶やお花を習い、更に女性としての教養も身につけたようだ。気の強い父も一目《いちもく》も二目《にもく》も置いていたし、私にとっても煙たい存在だった。

ところが何故かこの伯母さんは私を気に入って、毎年の〈かるた会〉に私を招待してくれた。この会は矢島家の本家である鳩森八幡が年に一度開催する身内の会で、きょうだいとその家族だけでもかなりの人数になった。時には父が都合で行かれないこともあったが、その場合はわざわざ迎えの者を寄越すほどだった。

「お前のお父さんは、本当はこの神社の跡とりだった人だ。そして矢島家には昔矢島の局《つぼね》という偉い方がいて旗本矢島家の祖先となった。お前はその後継者になれる人間だと私は思っている」

伯母さんの観る手相や人相はよく当ると父から聞いたことがあるが、私は信じなかった。

ただ、〈かるた会〉は単なるかるたを拾うだけの会ではなく、そのほかにも大奥でもやっていたと思われる投扇興《とうせんきよう》や貝合せ《かいあわ》などども座興の一つとしてやっていたことなどから考えると、矢島の局という人の存在は本当かもしれないと思った。かるたは子どもたちは江戸のいろはかるた。大人たちは小倉百人一首ときまっていたが、私はどちらにも参加して沢山の札を集め、父や伯母から褒められた。褒められると、誰でもそうだろうが気持が高揚する。

私も御多分に漏れず、すっかりその気になり数ヶ月かけて百首を全部そらんじるほどであった。熱中すると、ひたすらのめりこむ癖が私にはあるらしい。日本舞踊や長唄や能楽、太鼓《たいこ》、鼓《つづみ》などもそうだったが、和歌も師匠について習った。高校の頃、宿題に国語の先生から一人二首ずつ短歌を作って提出するようにいわれたのを、何故かクラス全員の総意で私にお鉢が回ってきて、一晩で百首ほどの歌を作って配ったことがあった。

今考えると馬鹿なことをやったものだと思うし、先生もうすうす気がつかれたようだったが、あまりのことに呆《あき》れられたのかお叱りは受けなかった。

こんなことができたのも、元はといえばあのお正月の〈かるた会〉があったからだと思う。

もしかしたら、私が作家になる過程の重要な一部だったかもしれない。

矢島の局については最近〈スマホ〉で検索してみたら、ウィキペディアに次のような記事がのっていた。

「矢島の局、生没年不詳、江戸時代の幕府四代将軍、徳川家綱の乳母である。旗本矢島氏の祖、父は木曽氏流八島氏、夫は豊田清左衛門、名跡相続者は矢島義充

（豊田清左衛門の子）。

〈生涯〉近江国八島を発祥とする木曽氏の支流である八島氏出身の豊田清左衛門の妻となる。なお娘のお島（のち旗本牧野八左衛門の妻）を家綱の側室に勧めたといわれているが実際はそのような事実はない。夫の豊田清左衛門に先立たれた後に寛永18年（一六四一）徳川家光の長男家綱（幼名竹千代）が生れ、松平信綱が面接を行い家綱の乳母選びにて見事採用された。当初は八島と称する。

矢島局を家祖として旗本矢島が創始され、息子の義充が矢島局の名跡を継承する。義充は寛文7年（一六六七）に家綱に召出され小姓組士となる。

〈人物〉家綱が将軍宣下を受けてからは、本丸大奥に入り御年寄として大奥を取り仕切ったといわれているが、その事跡の多くは知られていない。乳母として奉公をはじめる際に夫の俸給を詐称したり、病弱な家綱に取り入って政治的発言力を有したといわれており、家綱の正室や上臈御年寄の姉小路、飛鳥井などと対立したとする説もある。こうした経緯から奸智な女性として描かれることが多い。」

私にとっては三百年ほど前の祖先にあたる女性だが、その血をひくきく伯母や父などを見てもかなり一本気で曲ったことが大嫌いなところはあったが、およそ奸智術数にたけるとは縁遠い人だった。

ことにきく伯母は非常に信心深い人で、空襲で神社が焼かれた時は本殿の中で母と娘と共に〈大祓詞《おおはらえのことば》〉を唱えながら殉じたことから考えても、私はどうしても矢島の局という方をきく伯母さんと重ねてしまうのだ。

戦前はお正月になると獅子舞や万歳《まんざい》が笛や太鼓や鼓などを鳴らしながら家々を訪れる。一家の繁栄を願い邪気を祓うためだ。万歳は烏帽子《えぼし》に素袍《すおう》で扇《おうぎ》を持った太夫と、大黒頭巾《だいこくずきん》に裁着袴《たつつけばかま》の才蔵《さいぞう》の二人一組で、鼓を打ち鳴らしながらお祝いの寿詞《よごと》をとなえ、余興に万歳を演じたりするが、御祝儀の額によって長くなったり短くなったりもする。それを嫌って鼓の音が聞こえると、玄関の鍵をしめてしまう家もあるが、大概は正月の祝い事なので快く受入れていたようだ。

獅子舞の方は笛や太鼓と共にやってくる獅子頭が玄関先で口をパクパクやって邪気をはらって帰るのだが、御祝儀をはずむと家に上って部屋をはらい、時には人の頭を咬む真似をする。こうすると病気をしないとか仕合せになるというのだが、私はそれが怖くて家中を逃げ回った。追いつめられてパクリとやられる寸前で父に助けられたが、それを見て家族をはじめ使用人たちまでが笑うので口惜しい思いをしたのを今でも覚えている。

正月にはいろいろの行事や遊びがあるが、その最後をしめくくるのが〈どんど焼き〉だ。これは小正月とよばれる一月十五日頃の行事で、この日には神社には正月の門松や注連飾《しめかざり》、書き初めなどを持ち寄り、組上げた竹などを中心に大きなやぐら状のものを作り、これに前後左右から火をつけると、たちまち火柱が立ちのぼり夜空をこがす。

この火で餅を焼いて食べるとその年は風邪をひかないとか病気をしないなどといわれているが、火のいきおいが強くて中々そばに近付けない。

この時期は一年で最も寒い頃だが、寒さを感じないどころか興奮して暑いくらいだった。ようやく火がおさまり、やっと焼けた餅の味が今でも忘れられない。

〈どんど焼〉は別名〈左義長《さぎちょう》〉ともいうので調べてみたら、広辞苑の〈左義長・三毬杖〉のところに、〔もと、毬打《ぎっちょう》を三つ立てたからという〕小正月の火祭りの行事。宮中では正月十五日と十八日に吉書《きっしょ》を焼く儀式。清涼殿の東庭で、青竹を束ね立て、毬打三個を結び、これに扇子・短冊・吉書などを添え、謡いはやしつつ焼いた。民間では正月十四日または十五日（九州では六〜七日）長い竹数本を円錐形などに組み立て、正月の門松・七五三飾《しめかざり》、書ぞめなどを持ち寄って焼く。

その火で焼いた餅を食えば、年中の病を除くという。子供組などにより今も行われる。どんど焼。さいとやき。ほっけんぎょう。ほちょじ。おにび。三毬打。
季新年〉。徒然草「——は、正月に打ちたる毬杖を真言院より神泉苑へ出して焼きあぐるなり」〕とあるから、〈どんど焼〉は平安朝から今日まで続く古い行事だったのだ。

ちなみに〈毬杖〉というのは現在のホッケーによく似たスポーツで、左右二手に別れた組が互いに槌状の杖で扁平の円い木製の毬《まり》を相手の陣に打ちこみ、先に到達させた方が勝者となるルールだった。

万葉集や鳥獣戯画にも描かれており、江戸中期頃まで続いていたというから、これも〈どんど焼〉同様かなり古いものだ。

またこの日本のホッケーともいえる〈毬杖〉のスティックはその後正月の火祭りである〈どんど焼〉の中心の柱として三本を使用するようになり、〈三毬杖〉と〈左義長〉という名称が生れたということになる。

現在使われている〈左きき〉という言葉として〈左ぎっちょ〉というのがあるが、その最も有力な語源として『大言海』と幸田露伴の『音幻論』に〈左器用の転〉と紹介されている。

しかし私は左ぎっちょの〈ぎっちょ〉は〈毬杖〉の読みが〈ぎちょう・ぎっちょう〉の両方であることからいっても、左利きの人が毬杖を左に持ったことが語源としてふさわしいのではないかと思っている。

いずれにしても日本の文化の面白さ、奥深さを感じる今日このごろだ。

春よ来い 早く来い

今年令和三年（二〇二一）の元旦は、何十年ぶりの大寒波の到来とかで、日本海側では昨年の暮頃から連日のように大雪に見舞われ、東京も強い寒波に襲われた。

ここ数年は暖冬が続き冬将軍の力を見くびっていただけに、寒さがよけい身にしみる。おまけに新型コロナウイルスの第三波がやってきて、連日感染者数は増えるばかりだ。

今から七十六年前、私たちは連日連夜のB29の爆撃を受けて防空頭巾、防空壕、早めの避難で、かろうじて命をとりとめたが、現在は新型コロナウイルスに対してはマスク、手洗い、三密をさけるなどの対策を実行してなんとかウイルスの感染から身を護ろうとしている。

国や都に対してもっと強力な対策を望む声も多いが、とにかく自分の命を守ることなのだから、まずは自分で自分の身を守る行動に徹すること。そして国や自治体は国民の命がなくなれば国そのものが失われるわけだから、更に強い方策を実行すべきは当然で、ためらうべきではない。流行がおさまれば直ちに撤回すればいい。それが真の民主的政治というものだろう。とにかく平和な春が待ち遠しい。

〽春よ来い　早く来い　歩きはじめたミイちゃんが　赤い鼻緒のジョジョはいて　おんもへ出たいと待っている。

この歌は幼い頃によく聞いたりうたったりしたものだが、私の主人などは昭和九年に入園した上野の〈黒門小学校付属幼稚園〉で最初に習ったのがこの曲だったという。

私は幼稚園には通わなかったが、子どもの頃からよく口ずさんでいた記憶があるので、きっと母かお手伝いさんが教えてくれたのだろう。伊東は歌どころかお遊戯までも記憶していて、九十近い今でも踊ってみせるから、まさに〈雀百まで踊り忘れず〉だ。

幼稚園の話になると彼は饒舌になる。上野広小路にある和菓子の老舗〈うさぎや〉の前の主人の正ちゃんは同級生で喧嘩もしたけれど仲が良かったとか、講堂

〈代々木もちつき唄〉だ。

〽さあさナアさあさ　みなさま　ドッコイソーダ　うたおじゃないか……

で始まるこの唄は歌詞が長いので省略するが、今では保存会ができて渋谷区の無形民俗文化財に指定されている。

もともとは此のあたりの農家の人々が暮になるとお正月用の餅を自分の家の庭で搗いた時に歌ったものだが、今の新暦では正月は日脚《ひあし》が最も短かくなる冬至あたりを基準にしているのに対し、明治五年（一八七二）まで使われていた旧暦では日脚が伸びはじめる立春の頃を一月一日としていた。太陽の光が輝きを増してくる。

そろそろ農作業の準備が始まり、祖先神に今年の豊作と仕合せを祈る頃だ。人々は庭で餅を搗き神棚にお供えすると共に、穀霊の宿ったお餅をいただき健康を祈念する。もちろんこれはお祭りだから晴着をきて礼儀正しく行なわなければならない。神社に初詣でをするのもそのためだ。

節分は冬と春との季節を分ける大切な日で、立春から新年となると考えられていたため、旧年中の邪気を祓い福を招く重要な日とされた。豆や米にはもちろん穀霊が宿ると信じられていたからだ。

こうした段取りをへて春が深まり桜のつぼみがふくらんでくる。開花が待ちどおしい。

この冬神様に祈り続けた新型コロナ退散の願いは果して通じたかどうか。

私はいつもそんな思いで毎年靖国神社の桜の木の蕾の開くのを首を長くして待っていた。

予想より早い年もあれば遅い年もある。

しかし花は毎年咲いてくれて、私に生きる喜びと希望を与えてくれた。

ただ昭和二十年（一九四五）花は咲いたが必勝を願った戦には敗れた。いや国を思い家族を守ろうとした多くの尊い命の花が散ったのだ。

今あの戦争のころのことを思い出すと、現在の社会の状況によく似ているような気がしてならない。連日連夜の空襲警報や勤労奉仕で学校ではほとんど授業にならず、大学生は学徒出陣で戦場に赴き、食堂も酒場も統制経済や男たちが出征してしまうので働き手を失い商売にならなかった。映画や芝居も戦意高揚以外のものはすべて禁止されてしまい、本当に息がつまりそうな時代だった。

敗戦後は大都市はほとんどが空襲で焼野原となり、東京の上野駅などには戦災孤児たちが通路や壁ぎわなど、いたるところにゴミのように転がっていた。有名な西郷さんの銅像の附近には本物か贋物《にせもの》かは分らないが白衣を着た傷痍軍人らしき人たちが、一人は哀愁に充ちた軍歌をアコーディオンで奏で、もう一人は腕や足が義足でうずくまり物乞いをする姿が何組も並んでいたり、その下の広小路の歩道には夕方になると何十人もの春を売る女たちが道行く男たちに声をかけていた。

そんな姿を見ていると、本当に暗澹《あんたん》たる気持にならざるを得なかった。

かつての〈大日本帝国国民〉の誇りはどこへ行ってしまったのだろう。銀座や新橋などでは背の高い〈ジーアイ〉（アメリカ兵の俗称）の腕にぶら下るようにして歩く、真っ赤な口紅とロングスカートの女たちが、恥らうどころか日本人を見下すような目つきで闊歩《かっぽ》していた。

季節は寒い冬の頃だったと思うが、日本の国そのものの状態もまさに極寒の冬のようで、体も冷えきっていたが、心にも鳥肌がたつようだった。

「神も仏もあるものか」

新聞やラジオが伝える報道には毎日のように、そんな内容のものが多かった。

しかし「冬来たりなば春遠からじ」。

十九世紀のイギリスの詩人Percy Bysshe Shelleyの詩ではないが、つらい冬のあとには、かならず暖かで明るい春がやってくる。

世の中が落着きを取り戻し、経済が復興してくると、おのずと人の心も明るく活気に満ちてくる。

日本が世界第二位の経済大国とか、奇跡的な復活といわれるようになるのは、それからさほど遠いことではなかった。

ただその後、経済は中国に追いこされ、いろいろな分野で他国に遅れをとるようになったのは、豊かさからくる驕《おご》りか、気のゆるみか。季節でいえば秋だったのかもしれない。

そして去年、突然襲ってきた新型コロナウイルスの蔓延だ。冬の嵐だ。

しかもこれは日本だけでなく、世界中の国々が同じ脅威にさらされている。

他国や他人を責めるのではなく、互いを思いやって、大切な命を守って行こう。

春よ来い　早く来い

去年の春行きそびれたお花見に、今年こそは。新型コロナウイルスを克服して、ゆったりとした気持でお花見をしよう。

オリンピックを開催しよう。

老いては子に従え

表題は昔から世に伝わる格言の一つだ。

仏書『大智度論』の中にある言葉だが、辞書によれば、年老いたら何事も子にまかせてこれに従えという意味だとある。

七十歳くらいまでは、まだまだ子どもに頼ることもほとんどなかったが、八十歳を越える頃になると銀行からの送金や買物などは、ほとんど娘たちに依頼するようになった。時には孫に頼むこともある。彼等は私が数時間かけてやることを、ほんの数分でやってくれる。パソコンを開き、キーをポンポンと押すだけだ。電車やバスに乗ることも、銀行の窓口で待たされることも、デパ地下で買った重い荷物を苦労して運ぶこともない。

おまけに新型コロナのせいで外出の数もめっきり減った。昨年の夏は毎年楽しみにしている八ヶ岳の別荘にも一度も行けなかった。ウイルスを地方に運ぶことになっては申し訳ないと思い自粛したからだ。それやこれやで此の所運動不足が悩みの種だ。

一方亭主の方の悩みは趣味の小唄の会やお稽古ができなくなったことや、神職や教誨師などの仕事や会合が中止になるなど、生活のリズムが一変したことだが、一番の悩みは車の免許証の更新の期日が迫っていることだったようだ。

「そろそろ返納したら……」

娘たちは口々に免許証の返納をすすめるが、なかなか首をたてに振らない。

「パパは普段はやさしい好い人だけれど、いったん決めたら誰がなんてったって聞かないんだから」

彼女たちが口をとがらせるのには理由があった。

ちょうど今から十年前の東日本大震災の年はうちの代々木八幡宮も草創八百年で、そのための記念事業やらお祭りの準備やらで宮司の伊東は多忙をきわめていたが、そのほかにも東京都神社庁庁長、神社本庁理事、日本女子大学理事、府中刑務所の教誨師なども務めていたせいか過労が祟り、かなり体調を崩していたようだ。食欲もなく、毎晩欠かさず飲んでいた缶ビールもやめてしまった。

「どこか悪いんじゃないの」

と聞いても、

「太りすぎだから、ちょうどいいんだ」

と笑っていたし、これまで病気らしい病気をしたことがないので、ついそのまま様子を見てしまったのが悪かった。

私も当時はまだ月刊誌の連載をかかえていたし、若い頃のようなスピードでは書けなくなっていたので、彼に対する気遣いもかなりおろそかになっていたと思う。

秋の代々木八幡宮草創八百年祭や、それにまつわる記念事業もどうにか無事に終了して、皆んながほっと肩の力を抜いた師走の頃、宮司の容態が急に変った。

最初は軽い風邪の症状かと思っていたら、夜中に足がつったり、トイレに五回も六回も通ったり、体中に発疹が出てひどく痒がったり、夜間寝不足になるのは当然だが、にもかかわらず昼間も眠れないという不思議な状況になった。食事も御飯がおじやになり、おかゆになり、最後は水まで受けつけなくなってしまい、そして三日四日五日と過ぎて行く。

「病院に行かなきゃ駄目よ、死んじゃうわよ」

「心配するな、直ると思えば直る。直らないと思えば直らない。一心岩をも通すと言うじゃないか」

昭和一桁《ひとけた》生れの男はときどき妙なことを口走る。つまり理屈に合わないことを言いだすのだ。同じ昭和一桁生れの私にはそれがよく分る。あの時代の男たちはそういうタイプの人が多かった。

つまり〈一心岩をも通す〉というのは、昔中国の李広《りこう》という将軍が狩《かり》で草むらの岩を虎と思って必死で矢を射たところ鏃《やじり》が固い岩を貫《つらぬ》いたという故事で、精神一到《いっとう》何事か成らざらん、精神を集中して事に当れば、どんな困難も乗り越えられるという意味だ。

しかしこんな時、戦後生れの私たちの娘たちの考えはまったく違う。本当は苦しいのにやせ我慢をして入院を拒否する父親や、うろたえる母親を視て、即座に救急車を呼んでしまった。

駆けつけた隊員たちはざっと診察すると、なんのためらいもなく病人を担架にのせて運んで行った。私には駄々をこねたのに、救急隊員たちには素直に応じたのは意外だった。

これも昭和一桁生れの男の習性だったかもしれない。

娘たちの指示で私は家に残り、病院には娘たちが付き添って行った。

「ちゃんと受け入れてくださるかしら」

私が心配すると、

「大丈夫、さっき病院に電話して相談したら、すぐ連れてきなさいとH先生にいわれたから……」

病院も先生も彼女が数年前に通算四か月も入院していたために親しくなり、入院の仕方も心得ていた。

あまりの手際の良さに驚くと共に、自分が急に年をとったような気がしたが、不快ではなかった。むしろ感謝したくらいだ。

あれから早いもので十年の時が流れ、代々木八幡宮は今年の秋に草創八百十年祭を迎える。

伊東は娘たちのお蔭で死の淵《ふち》から甦り、人工透析は受けるようになったものの体調は以前にも増して好調となり、宮司はもとより教誨師や神社本庁の仕事や恩師長谷川伸先生から托された文学振興を目的とした財団法人の活動もまだ私と一緒にやっている。命ある限り少しでも世の中のお役に立ちたいという気持が前より更に強くなったようだ。

またこれは全く予想しないことであったが、伊東は神職としては最高の栄誉といわれる長老の資格を授与され、私も少し遅れてまさかの文化勲章をいただいてしまった。

この時二人で話し合ったのは、

「二人とも立派な肩書や勲章をいただいてしまったけれど、急に偉くはなれないから今までどおりの姿勢でやって行こうよ」

ということにした。

だからどちらの場合も特別なお祝いはしなかったが、いつものとおり、ホテルオークラで家族十人揃ってお祝いの鉄板焼を食べ、大人たちはワイン、子供たちはオレンジジュース、〈爺《じじ》〉だけはみんなを運ぶ〈ランクル〉の運転のためジンジャエールで乾盃した。

そしてこれもいつものように、写真室で記念写真をとり、今では使わなくなった娘たちが子供の頃のピアノの上に他の写真と一緒に並べた。

本当は前年の春からその年にかけて〈爺《じじ》〉と〈婆《ばば》〉の〈卒寿〉と〈米寿〉の祝いをやる予定だったのだが、新型コロナウイルスのためにかなり覚束なくなってきた。

「いっそのことお祝いを夏まで延期して、八ヶ岳のホテルでやる手もあるわね」

「そうか、それもいいな」

彼は即座に賛成してくれた。

あとで分ったのだが、彼はその頃翌年の令和三年五月七日で失効する運転免許証を更新するかしないかで迷っていた。

何か月か前に、池袋の交差点で母と子の二人が、運転操作を誤った老人にひかれて死亡し、他にも九人の重軽傷者をだすという事故があり、新聞やテレビで大きく報じられて老人の居る家庭に大きなショックを与えた。

わが家でも、娘たちは口をそろえて父親の免許更新に反対した。

「もし事故をおこしたら、お父さんやお母さんの名にきずがつくばかりか、八百十年の神社の歴史を汚《けが》すことになるのよ」

というのだ。

その考え方は正論で、反論の余地はない。

「残念だけれど、免許証は返納するしかないわね。老いては子に従えというじゃない」

「それが、そうもいかないんだ」

「どうして」

「ほら白内障の手術と認知症の検査の予約をすませたばかりじゃない」

そういえば、つい先ごろ免許証更新のための検査と講習の通知が届いたので、彼はあわてて白内障の手術と認知症の検査の予約を終えたばかりだった。

実は前回の免許証の更新の時、認知症は問題なかったが、目の検査でひっかかり、最後は普通はやらない視野検査までやってもらいようやく合格したらしい。

その時すぐ病院へ行けばいいものを、白内障は眼にメスを入れられると聞いて、億劫《おっくう》になり一日のばしにしているうちに、更新の日の通知が来てしまったのだと言う。その話を打ち明けられたとき頭に浮かんだのは或る名医のお名前だった。

今から数十年前にその先生のお母様から頼まれて、その県で開催される眼科学会の総会で講演をしたことがあり、息子さんである先生がお母様のご指示で会場まで御案内くださったことがあった。お母様も著名な眼科医だったのだ。お二人とも物腰もやさしく謙虚で素晴しい方々だった。

「私は東京のJ大学病院に勤務しておりますので、よろしかったら何時でもお越しください」

と名刺をくださった。

その後結膜炎になったとき夫婦でお訪ねして治療かたがた眼の精密検査をしていただいた。

「お二人とも白内障はありますが、周辺に寄っているのでまだ当分は大丈夫ですよ。ただ時々は検査をなさってください」

とおっしゃった。

年を重ねると共に、〈加齢黄斑変性〉や〈緑内障〉などという恐い病気になる可能性が高くなるので注意するようにとのことだった。

ところが仕事にかまけてすっかり御無沙汰してしまったのだ。娘に頼んでパソコンで検索してもらうと、息子先生はいつの間にかJ病院眼科の部長で教授、しかも副院長になっていらっしゃった。とにかく恐る恐る電話をしてみると、

「ああ平岩さん、よく覚えていますよ。その節には学会が大変お世話になりまして」

昔と変らぬ若々しいお声だった。

運転免許証更新のテストが迫っていることをお伝えすると、予想よりずっと早い日程で手術を引き受けてくださった。

病院ぎらいの伊東がこのときばかりは自分から進んで手術をしたのは珍しいことだった。いろいろ考えたすえ、やはりどうしても車は手放せないと思ったのだろう。

たしかに年をとればとるほど足腰の弱る老人にとって自動車は若者以上に欠かせないものだ。だからといって、娘たちやその連れ合いたちも夫婦共働きだし、孫たちもすでに就職していたり、内定を得たりしているので気安く頼むわけにもいかない。

「老いては子に従えよ」

などと口では言うが、本心はまったく逆といっていい。

去年の秋頃の伊東のスケジュールを見ると神社のお祭りや会議などは別として、週三回の透析や、依頼原稿の執筆、定期的に行われるO病院での精密検査、二、三か月ごとの腕の血管を拡げるPTA手術。それと今回の白内障の手術と免許証更新の検査と講習で、老人とは思えぬくらいの過密さだった。

たかが車の免許証だが、されど車の免許証。そう簡単には手放せない事情や愛着もあるのだ。だが老人が運転する車の事故多発も気になる。運転ミスで犠牲者を出すなどということは絶対に許されないことだ。彼は一人で黙々と挑戦し続けた結果、心配していた認知症のテストには見事合格した。三年前のテストではたしか90点以上だったと思うが、今回は88点だったから立派なものだ。

ちなみに76点以上は「記憶力、判断力に心配ありません」49点以上は「記憶力、判断力が少し低くなっています」で合格。二つの違いは次に受ける講習の時間が一時間程度多くなること。三つ目の「記憶力、判断力が低くなっています」の49点未満の場合は医師の診断が義務づけられ、もし認知症と決まれば免許が取り消されるか停止される。

伊東は江東試験場から帰ってくるなり、まるで鬼の首でも取ったかのように、東京都公安委員会の朱印が押された合格通知書を見せびらかした。やっぱり年だからそれなりの不安はあったのだろう。

彼も私も車のこととなると、まるで幼い子供のようになる。とにかく娘は娘、親は親だ。早速T社のS君を呼んで次の車の交渉を始めることにした。今乗っている車は三年契約のレンタルで、残金を払えばそのまま乗り続けてもいいし、別の車に代えることもできる。その判断の期限が去年の十二月末だった。

「ランクルにも未練はあるけれど、今度はもう少し小型で安全な車にしたい!」

という注文に対し、三十年以上の付合いになる営業所のS君は、

「三か月待ちになりますけれど」

と前置きしてヤリスとかヤスリとかいう車を勧めて帰って行った。

が、それから間もなく電話があって、

「会社へ戻ったら、ちょうど試乗用の車が空いていたので御覧になりませんか」

といってきた。

「乗るだけ乗ってみようか」

私より車好きの伊東が反対するわけがない。営業所が近いので、試乗車はあっというまに到着した。

ランクルに比べるとかなり小柄だが、その分乗車するのは楽だ。伊東はまだランクルに未練があるようだったが、

「この車はハイブリッドなのでランクルにくらべたら驚くほど燃費がいいですよ。それと災害時などで停電になったときは、蓄電器としても利用できます」

「幾日くらい保つの」

「四五日は大丈夫です」

この言葉で私たちの腹は決ってしまった。

「納車は三月ね」

S君が用意してきた契約書にサインして判子を押した。

契約が成立し、S君は嬉しそうに帰って行ったが、私たちも心の中で浮き浮きしてくるものがあったのは確かだ。

「今年の夏は八ヶ岳へ行けるわね」

「新型コロナのワクチンも四月には打ってくれるそうだし……」

気分は既にさわやかな夏の風の吹く高原へと飛んでいた。以前は東京から材料を運んで自炊していたが、ここ数年は近くのホテルで昼食と夕食をとるようにしたので、主婦としては天国だった。

熱海の家を売って、八ヶ岳の別荘の方に定住してしまった大学時代の友人夫妻に会っておしゃべりしたり、彼女の顔利の店で食事をしたりと、そんな仕合せな気分に漬《ひた》っていられたのは五日間くらいだったろうか、車の営業所のS君から電話があった。

「実は私の上司がお目にかかりたいと申しているのですが、よろしいでしょうか」

「もちろん、いいわよ」

多分このあいだのお礼に上司の方が見えるのだろうと思っていたのだが、話を聞いてみると、それは予想だにしないことだった。

「実はあれからお嬢さまからお電話をいただきまして、今回の新車の契約は中止して欲しいとのことでございましたが、ご本人のご意志を確認いたしませんと……」

「うちの娘がそんなことを言ったんですか」

「はい、うちの両親は高齢なので車は絶対に売らないで欲しいとのことでした」

「あの子たちに支払いを頼んだわけではなし、私たちのお金で買うのだから余計なお世話だわ」

自由を束縛されたようで無性に腹がたった。

「僕がかわりに聞いてやろうか」

「いいえ私がやります」

S君と上司らが帰ったあと、すぐ電話をしようとするのを伊東が押し止めた。

「今日はもうすぐ夕食だから明日にしよう」

たしかに翌日になると気持も少し落着いた。

「あなた達、車を売るなって電話したんだって」

「そうよ」

「なんでそんなことをするの、余計なことをしないで頂戴……」

なるべく穏やかにと思っていた声がうわずるのが自分でも判る。

「だってお母さん、お父さんやお母さんが私たちにとってどんなに大事な人たちかってことが判る？　新しい車を買うと知ってから、私たち夜眠れないくらい心配しているのよ」

その言葉に私は思わず絶句した。その声には心から親を気遣う気持が籠《こも》っていた。

怒りはローソクの火を吹き消すように無くなった。

「どうして新車を買うと分ったの」

「だってお母さんの印鑑証明を取るのを孫に頼んだでしょう」

確かに今年大学を卒業して就職する孫に委任状を渡した記憶がある。そしてそこには目的として自動車の購入と記していた。

「分った、心配かけてご免」

気持は春の天気のように変りやすく、しかも春一番が吹いたあとのように晴々としていた。

そしてこのことは直ちに伊東に報告した。

「そうか、それでは仕方がないな……」

彼も納得したのか表情に曇りはなかった。

私はもちろん迷うことなくS君に電話で契約のキャンセルを伝えた。

「やっぱり老いては子に従えなのね」

「分りました。またお車が必要になったらいつでもご用命ください。お待ちしております」

彼の声にも心なしか、ほっとするものが感じられた。

その晩の夕食は、バスで渋谷に出て、行きつけの蕎麦屋で好物の天プラそばを食べた。

「ところで、車の免許証はどうするの。まだ運転の講習と視力検査が残っているんでしょ。それともこれを機会に返納する?」

「いや免許証は取るよ」

「どうして。車はないのよ」

「今に完全自動運転の車が出るだろ。その時も多分運転免許証は必要だと思うので免許証は取っておくよ」

「何年先になることやら」

文春文庫

日本《にほん》のこころ

定価はカバーに
表示してあります

2024年1月10日　第1刷

著　者　平《ひら》岩《いわ》弓《ゆみ》枝《え》
発行者　大沼貴之
発行所　株式会社 文藝春秋

東京都千代田区紀尾井町 3-23　〒102-8008
TEL 03・3265・1211㈹
文藝春秋ホームページ　http://www.bunshun.co.jp

落丁、乱丁本は、お手数ですが小社製作部宛お送り下さい。送料小社負担でお取替致します。

印刷製本・TOPPAN

Printed in Japan
ISBN978-4-16-792161-3

（　）内は解説者。品切の節はご容赦下さい。

平岩弓枝
鏨師《たがねし》
無銘の古刀に名匠の偽銘を切る鏨師と、それを見破る刀剣鑑定家。火花を散らす厳しい世界をしっとりと描いた直木賞受賞作「鏨師」のほか、芸の世界に材を得た初期短篇集。（伊東昌輝）
ひ-1-109

平岩弓枝
秋色（上下）
有名建築家と京都の名家出身の妻、この華麗なる夫婦の実態は……。シドニー、麻布、銀座、奈良、京都、伊豆山と舞台を移して、華やかに、時におそろしく展開される人間模様。
ひ-1-126

平岩弓枝
花影の花
大石内蔵助の妻
大石内蔵助の妻の視点から描いた平岩弓枝版忠臣蔵。華々しく散った夫の陰で、期待に押しつぶされる息子とひたむきに生きた妻。家族小説の名手による感涙作。吉川英治文学賞受賞作。
ひ-1-129

平岩弓枝
花ホテル
舞台は地中海に臨む南仏のリゾート地。日本人女性オーナーが手がける小さなホテルへ集う人たちが織りなすドラマの数々。愛と謎が絡み合う傑作連作短篇集。女優の山本陽子さんも推薦。
ひ-1-130

平岩弓枝
火の航跡
失踪したカメラマンの夫の行方を捜す妻の周辺で起きる連続殺人事件。夫の蒸発と殺人事件の関係は？　有田、マイセン、メキシコと夫の影を追い続けた妻が探し出した驚愕の真実とは。
ひ-1-131

平岩弓枝
セイロン亭の謎
紅茶輸入業を営むセレブ一族の女社長が何者かに殺された。直前に届いた中国語のメッセージの謎とは？　神戸・異人館の美しい邸宅を舞台に繰り広げられる魅惑のミステリー。（伊東昌輝）
ひ-1-132

平岩弓枝
御宿かわせみ
「初春の客」「花冷え」「卯の花匂う」「秋の蛍」「倉の中」「師走の客」「江戸は雪」「玉屋の紅」の全八篇を収録。江戸大川端の小さな旅籠「かわせみ」を舞台とした人情捕物帳シリーズ第一弾。
ひ-1-201

文春文庫　平岩弓枝の本

（　）内は解説者。品切の節はご容赦下さい。

江戸の子守唄
平岩弓枝
御宿かわせみ2

表題作ほか、「お役者松」「迷子石」「幼なじみ」「宵節句」「ほととぎす啼く」「七夕の客」「王子の滝」の全八篇を収録。四季の風物を背景に、下町情緒ゆたかに繰りひろげられる人気捕物帳。

ひ-1-202

水郷から来た女
平岩弓枝
御宿かわせみ3

表題作ほか、「秋の七福神」「江戸の初春」「湯の宿」「桐の花散る」「風鈴が切れた」「女がひとり」「夏の夜ばなし」「女主人殺人事件」の全九篇。旅籠の女主人るいと恋人で剣の達人・東吾の活躍。

ひ-1-203

山茶花《さざんか》は見た
平岩弓枝
御宿かわせみ4

表題作ほか、「女難剣難」「江戸の怪猫」「鴉を飼う女」「鬼女」「ぼてふり安」「人は見かけに」「夕涼み殺人事件」の全八篇。女主人るい、恋人の東吾とその親友・畝源三郎が江戸の悪にいどむ。

ひ-1-204

幽霊殺し
平岩弓枝
御宿かわせみ5

表題作ほか、「恋ふたたび」「奥女中の死」「川のほとり」「源三郎の恋」「秋色佃島」「三つ橋渡った」の全七篇。江戸の風物と人情、そして「かわせみ」の女主人るいと恋人の東吾の色模様も描く。

ひ-1-205

狐の嫁入り
平岩弓枝
御宿かわせみ6

表題作ほか、「師走の月」「迎春忍川」「梅一輪」「千鳥が啼いた」「子はかすがい」の全六篇を収録。美人で涙もろい女主人るい、恋人の東吾、幼なじみの同心・畝源三郎の名トリオの活躍。

ひ-1-206

酸漿《ほおずき》は殺しの口笛
平岩弓枝
御宿かわせみ7

表題作ほか、「春色大川端」「玉菊燈籠の女」「能役者、清大夫」「冬の月」「雪の朝」の全六篇を収録。おなじみの人物を縦横に活躍させて、江戸の風物と人情を豊かにうたいあげる。

ひ-1-207

白萩屋敷の月
平岩弓枝
御宿かわせみ8

表題作ほか、天野宗太郎が初登場する「美男の医者」「恋娘」「絵馬の文字」「水戸の梅」「持参嫁」「幽霊亭の女」「藤屋の火事」の全八篇。ご存じ〝かわせみ〟の面々が大活躍する人情捕物帳。

ひ-1-208

（　）内は解説者。品切の節はご容赦下さい。

平岩弓枝
一両二分の女
御宿かわせみ9

表題作ほか、「むかし昔の」「黄菊白菊」「猫屋敷の怪」「藍染川」「美人の女中」「白藤検校の娘」「川越から来た女」の全八篇。江戸の四季を背景に、人間模様を情緒豊かに描く人気シリーズ。

ひ-1-209

平岩弓枝
閻魔まいり
御宿かわせみ10

表題作ほか、「蛍沢の怨霊」「金魚の怪」「露月町・白菊蕎麦」「源三郎祝言」「橋づくし」「星の降る夜」「蜘蛛の糸」の全八篇収録。小さな旅籠を舞台にした、江戸情緒あふれる人情捕物帳。

ひ-1-210

平岩弓枝
二十六《にじゅうろく》夜《や》待《まち》の殺人
御宿かわせみ11

表題作ほか、「神霊師・於とね」「女同士」「牡丹屋敷の人々」「源三郎子守歌」「犬の話」「虫の音」「錦秋中仙道」の全八篇。今日も〝かわせみ〟の人々の推理が冴えわたる好評シリーズ。

ひ-1-211

平岩弓枝
夜鴉《よがらす》おきん
御宿かわせみ12

江戸に押込み強盗が続発、「かわせみ」へ届けられた三味線流しおきんの結び文が解決の糸口となる。他に名品と評判の「岸和田の姫」「息子」「源太郎誕生」など全八篇の大好評シリーズ。

ひ-1-212

平岩弓枝
鬼の面
御宿かわせみ13

節分の日の殺人、現場から鬼の面をつけた男が逃げて行った。表題作の他「麻布の秋」「忠三郎転生」「春の寺」など全七篇。大川端の御宿「かわせみ」の面々による人情捕物帳。　（山本容朗）

ひ-1-213

平岩弓枝
神かくし
御宿かわせみ14

神田界隈で女の行方知れずが続出する。神かくしはとかく色恋のつじつまあわせに使われるというが……東吾の勘がまたも冴える。御宿「かわせみ」の面々がおくる人情捕物帳全八篇。

ひ-1-214

平岩弓枝
恋文心中
御宿かわせみ15

大名家の御後室が恋文を盗まれ脅される。八丁堀育ちの血が騒ぎ、東吾がまたひと肌脱ぐも……。表題作ほか、るいと東吾が晴れて夫婦となる「祝言」「雪女郎」「わかれ橋」など全八篇収録。

ひ-1-215

（　）内は解説者。品切の節はご容赦下さい。

平岩弓枝
清姫おりょう
御宿かわせみ22
宿屋を狙った連続盗難事件の陰に、江戸で評判の祈禱師、清姫稲荷のおりょうの姿がちらつく。果してその正体は？「横浜から出て来た男」「穴八幡の虫封じ」「猿若町の殺人」など全八篇。
ひ-1-222

平岩弓枝
源太郎の初恋
御宿かわせみ23
七歳になった初春、源太郎が花世の歯痛を治そうとして巻き込まれたのは放火事件だった――。表題作ほか、東吾とるいに待望の長子・千春誕生の顚末を描いた「立春大吉」など全八篇収録。
ひ-1-223

平岩弓枝
春の高瀬舟
御宿かわせみ24
江戸で屈指の米屋の主人が高瀬舟で江戸に戻る途上、変死した。懐中にあった百両もの大金から下手人を推理する東吾の活躍を描く表題作ほか、「二軒茶屋の女」「紅葉散る」など全八篇。
ひ-1-224

平岩弓枝
宝船まつり
御宿かわせみ25
宝船祭で幼児がさらわれた。時を同じくして「かわせみ」に逗留していた名主の嫁が失踪。事件の背後には二十年前の同様の子さらいが……。表題作ほか「冬鳥の恋」「大力お石」など全八篇。
ひ-1-225

平岩弓枝
長助の女房
御宿かわせみ26
長寿庵の長助がお上から褒賞を受けた。町内あげてのお祭騒ぎの中、一人店番の女房おえい。が、おえいの目の前で事件が。表題作ほか「千手観音の謎」「嫁入り舟」「唐獅子の産着」など全八篇。
ひ-1-226

平岩弓枝
横浜慕情
御宿かわせみ27
横浜で、悪質な美人局《つつもたせ》に身ぐるみ剝がれたイギリス人船員のために、一肌脱いだ東吾だが、相手の女は意外にも……。異国情緒あふれる表題作ほか「浦島の妙薬」「橋姫づくし」など全八篇。
ひ-1-227

（　）内は解説者。品切の節はご容赦下さい。

平岩弓枝
佐助の牡丹
御宿かわせみ28

富岡八幡宮恒例の牡丹市で持ち上がった時ならぬ騒動。果して一位になった花はすり替えられたのか？　表題作ほか「江戸の植木市」「水売り文三」「あちゃという娘」など全八篇収録。

ひ-1-228

平岩弓枝
初春弁才船
御宿かわせみ29

新酒を積んで江戸に向かった荷船が消息を絶つ。「かわせみ」の人々が心配する中、その船頭の息子は……。表題作ほか、「宮戸川の夕景」「丑の刻まいり」「メキシコ銀貨」など全七篇。

ひ-1-229

平岩弓枝
鬼女の花摘み
御宿かわせみ30

花火見物の夜、麻太郎と源太郎の名コンビは、腹をすかせた幼い姉弟に出会う。二人は母親の情人から虐待を受けていた。表題作他「白鷺城の月」「初春夢づくし」「招き猫」など全七篇。

ひ-1-230

平岩弓枝
江戸の精霊流し
御宿かわせみ31

「かわせみ」に新しくやって来た年増の女中おつまの生き方と精霊流しの哀感が胸に迫る表題作ほか、「夜鷹そばや五郎八」「野老沢の肝っ玉おっ母あ」「昼顔の咲く家」など全八篇収録。

ひ-1-231

平岩弓枝
十三歳の仲人
御宿かわせみ32

女中頭お吉の秘蔵っ子、働き者のお石の縁談に涙する「かわせみ」の人々。覚悟を決めたお石は意中の人と結ばれるのか。表題作ほか、「成田詣での旅」「代々木野の金魚まつり」など全八篇。

ひ-1-232

平岩弓枝
小判商人
御宿かわせみ33

日米間の不平等な通貨の流通を利用して、闇の両替で私腹を肥やす小判商人。その犯罪を追って東吾や源三郎、麻太郎や源太郎が活躍する表題作ほか、幕末に揺れる江戸を描く全七篇を収録。

ひ-1-233

（　）内は解説者。品切の節はご容赦下さい。

平岩弓枝
浮かれ黄蝶
御宿かわせみ34
麻生家に通う途中で見かけた新内流しの娘の視線に、思惑を量りかねる麻太郎だが……。表題作ほか、「捨てられた娘」「清水屋の人々」など「江戸のかわせみ」の掉尾を飾る全八篇。
ひ-1-234

平岩弓枝
新・御宿かわせみ
時は移り明治の初年。幕末の混乱は「かわせみ」にも降り懸かる。次代を背負う若者たちは悲しみを胸に抱えながらも、激動の時代を確かに歩み出す。大河小説第二部、堂々のスタート。
ひ-1-235

平岩弓枝
華族夫人の忘れもの
新・御宿かわせみ2
「かわせみ」に逗留する華族夫人の蝶子は、思いのほか気さくな人柄。しかし、常客の案内で、築地居留地で賭事に興じて、るいの留守を預かる千春を心配させる。表題作ほか全六篇を収録。
ひ-1-236

平岩弓枝
花世の立春
新・御宿かわせみ3
「立春に結婚しましょう」――七日後に急に祝言を上げる決意をした花世と源太郎はてんてこ舞いだが、周囲の温かな支援で無事祝言を上げる。若き二人の門出を描く表題作ほか六篇。
ひ-1-237

平岩弓枝
蘭陵王の恋
新・御宿かわせみ4
麻太郎の留学時代の友人・清野凜太郎登場！　凜太郎は御所に仕える楽人であった。凜太郎と千春は互いに思いを募らせていく。表題作ほか「麻太郎の友人」「姨捨山幻想」など全七篇。
ひ-1-238

平岩弓枝
千春の婚礼
新・御宿かわせみ5
婚礼の日の朝、千春の頬を伝う涙の理由を兄・麻太郎は摑みかねていた。表題作ほか、「宇治川屋の姉妹」「とりかえばや診療所」「殿様は色好み」「新しい旅立ち」の全五篇を収録。
ひ-1-239

（　）内は解説者。品切の節はご容赦下さい。

平岩弓枝
お伊勢まいり
新・御宿かわせみ6

大川端の旅宿「かわせみ」は現在修繕休業中。この折に「かわせみ」の面々は、お伊勢まいりに参加。品川宿から伊勢路へと慣れぬ旅を続けるが、怪事件に見舞われる。シリーズ初の長篇。

ひ-1-240

平岩弓枝
青い服の女
新・御宿かわせみ7

大嵐で休業を余儀なくされた旅宿「かわせみ」が修復され、お伊勢まいりから戻った面々。相も変わらず千客万来で、奇妙な事件も。明治篇七巻目となるシリーズ最新作。（島内景二）

ひ-1-241

平岩弓枝　画・蓬田やすひろ
御宿かわせみ傑作選1
初春《はる》の客

江戸の大川端にある小さな旅籠「かわせみ」を舞台に繰り広げられる大人気〝人情捕物帳〟。宿の若き女主人るいの忍ぶ恋が胸を打つ、国民的シリーズのカラー愛蔵版第一弾！

ひ-1-252

平岩弓枝　画・蓬田やすひろ
御宿かわせみ傑作選2
祝言

美しい江戸の町に実を結ぶるいと東吾の恋。シリーズ最大の人気作「祝言」を含む、捕物、人情、江戸の光景に贅沢に心遊ばせる一冊。蓬田やすひろ氏のカラー挿絵も美しい、第二弾！

ひ-1-253

平岩弓枝　画・蓬田やすひろ
御宿かわせみ傑作選4
長助の女房

深川・長寿庵の長助が、お上から褒賞を受けた——。お祭り騒ぎの中で事件が起きる表題作他、「大力お石」『千手観音の謎」など八篇を収録。カラー挿画入り愛蔵版、ついに完結！

ひ-1-255

平岩弓枝・大矢博子　選
「御宿かわせみ」ミステリ傑作選

かわせみシリーズの傑作「矢大臣殺し」はアガサ・クリスティへのオマージュか？　書評家・大矢博子が、トリックを切り口に七作品を厳選。巻末の著者インタビューでその謎が解ける。

ひ-1-256

（　）内は解説者。品切の節はご容赦下さい。

安野光雅
絵のある自伝

昭和を生きた著者が出会い、別れていった人々との思い出をユーモア溢れる文章と柔らかな水彩画で綴る初の自伝。心温まる追憶は時代の空気を浮かび上がらせ、読む者の胸に迫る。

あ-9-7

赤塚不二夫
これでいいのだ
赤塚不二夫自叙伝

「これでいいのだ！」の人生観で波瀾万丈の生涯を楽しんだ不世出の漫画家・赤塚不二夫。この自叙伝から、赤塚ギャグに息づく〝家族〟という真のテーマが見えてくるのだ！（武居俊樹）

あ-50-1

明石家さんま 原作
Jimmy

一九八〇年代の大阪。幼い頃から失敗ばかりの大西秀明は、高校卒業後なんば花月の舞台進行見習いに。人気絶頂の明石家さんまに出会い、孤独や劣等感を抱きながら芸人として成長していく。

あ-75-1

井上ひさし
四十一番の少年

辛い境遇から這い上がろうと焦る少年が恐ろしい事件を招く表題作ほか、養護施設で暮らす子供の切ない夢と残酷な現実が胸に迫る珠玉の三篇。自伝的名作。（百目鬼恭三郎・長部日出雄）

い-3-30

磯田道史
無私の日本人

貧しい宿場町の商人・穀田屋十三郎、日本一の儒者でありながら栄達を望まない中根東里、絶世の美女で歌人の大田垣蓮月――無名でも清らかに生きた三人の日本人を描く。（藤原正彦）

い-87-3

海老沢泰久
美味礼讃

彼以前は西洋料理だった。彼がほんもののフランス料理をもたらした。その男、辻静雄の半生を描く伝記小説――世界的な料理研究家辻静雄は平成五年惜しまれて逝った。（向井　敏）

え-4-4

小川三夫・塩野米松 聞き書き
棟梁
技を伝え、人を育てる

法隆寺最後の宮大工の後を継ぎ、共同生活と徒弟制度で多くの弟子を育て上げてきた鵤《いかるが》工舎の小川三夫棟梁。後世に語り伝える技と心。数々の金言と共に、全てを語り尽くした一冊。

お-55-1

（　）内は解説者。品切の節はご容赦下さい。

曽野綾子
百歳までにしたいこと
２０２１年に90歳を迎え、作家生活70年を超える著者。老年を生きるための心構えを説き、真の人間力とは何かを指し示す。「人生百年時代」の道しるべになってくれるエッセイ集。

そ-1-27

俵　万智
牧水の恋
旅と酒の歌人・若山牧水は恋の歌人でもあった。若き日を捧げた女性との出会い、疑惑、別れに、自ら恋の歌を多く詠む著者が迫る。堺雅人氏も絶賛のスリリングな評伝。（伊藤一彦）
た-31-10

夏目鏡子　述・松岡　譲　筆録
漱石の思い出
見合いから二十年間を漱石と共に生きた鏡子夫人でなければ語り得ない、人間漱石の数々のエピソードを松岡譲が筆録。漱石研究に欠かせない古典的価値を持つ貴重な文献。（半藤末利子）
な-28-1

中村　徹・松本博文
天才　藤井聡太
史上最年少でプロ棋士となった藤井聡太の活躍は、想像のはるか上を行く。師匠・杉本昌隆、迎え撃つ王者・羽生善治、渡辺明、精鋭揃いのライバルたちの証言が明らかにする天才の素顔。

な-79-1

七崎良輔
僕が夫に出会うまで
幼い頃から「普通じゃない」と言われ、苦しみ続けた良輔。片思いと嫉妬と失恋に傷つきながら、巡り会えたパートナーと幸せを摑むまでを描く愛と青春の自伝エッセイ。（ホラン千秋）
な-83-1

新田次郎・藤原正彦
孤愁〈サウダーデ〉
新田次郎の絶筆を息子・藤原正彦が書き継いだポルトガルの外交官モラエスの評伝。新田の精緻な自然描写に、藤原が描く男女の機微。モラエスが見た明治の日本人の誇りと美とは。（縄田一男）
に-1-44